THE

BRIGHT HOU

此后再无余生

[美] 妮娜·里格斯（Nina Riggs） 著

李娟 译

北京联合出版公司
Beijing United Publishing Co.,Ltd.

图书在版编目（CIP）数据

此后再无余生 / (美) 妮娜·里格斯著；李娟译
. — 北京：北京联合出版公司, 2019.6
ISBN 978-7-5596-3095-7

Ⅰ. ①此… Ⅱ. ①妮… ②李… Ⅲ. ①散文集—美国
—现代 Ⅳ. ①I712.65

中国版本图书馆CIP数据核字（2019）第060565号

此后再无余生

作　　者：[美]妮娜·里格斯
译　　者：李　娟
选题策划：北京磨铁图书有限公司
责任编辑：管　文

北京联合出版公司出版
（北京市西城区德外大街83号楼9层　100088）
河北鹏润印刷有限公司印刷　新华书店经销
字数276千字　880毫米×1230毫米　1/32　印张9.25
2019年6月第1版　2019年6月第1次印刷

ISBN 978-7-5596-3095-7
定价：45.00元

献给我的男孩们

——约翰、弗雷迪和本尼

纪念我的妈妈珍妮特·安吉拉·里格斯，1947—2015

这一小时，湿润温暖，闪闪发光，嫩芽吐露，旋律优美。我感到愉悦，推倒了我灵魂中那道狭隘的墙壁，并将其灵魂的悸动和生命拓展至极限处。这就是清晨，停下来享受这明亮的时光，不再是这具病弱躯体的囚徒，心胸越来越开阔，可以比肩整个世界。

——拉尔夫·瓦尔多·爱默生，1838年

目录

第二期

第三期

第四期

序言：学骑自行车

“死亡并不是世界末日。”妈妈在被诊断为癌症末期后，经常喜欢这样开玩笑。

那时的我，始终未能真正理解这句话的含义，但在她去世几个月后的一天，38岁的我突然间明白了。当时，我因为乳腺癌晚期癌细胞转移正在接受治疗。生命中有太多比死亡还糟糕的事，比如宿怨、没有自知之明、顽固性便秘、缺乏幽默感……还有丈夫将你引流管中的液体倒入量杯时脸上流露出的痛苦神色。

太阳高照时，我和丈夫约翰在家前面的人行道上，一起教小儿子骑自行车。

“先别松手！”本尼大叫。

“你已经学会了，你会骑了。”我抓住车座后面，感觉他已经骑得很稳。一路小跑的我不断地鼓励他，“基本上你已经可以靠自己保持平衡了，我们根本没起什么作用。”

“可我还没准备好！”他尖叫。

相比之下，我们从未教过大儿子弗雷迪骑自行车。有一天，他央求我们拆掉辅助轮，几分钟后便骑着自行车绕着后院一圈一圈地转了。但本尼不同，他永远都没做好让我们放手的准备。

“你们还扶着车子吗？”他不断地问。

对我而言，周末的空气像一剂良药，我觉得自己越发强健了：在经过数月的化疗后，为期六周的放疗也已接近尾声。我们期待转角便可看到停车标志，路面坡度可以忽略不计，也许只消再往前走15米。

“腿上要用力，”约翰说道，“眼睛要注视前方，双手稳住车把。”

一对年轻夫妇牵着狗穿过街道，为我们让路。他们冲着本尼微笑，我也回以微笑，并朝约翰使眼色。我知道他就要松手了。我一直看着前面，没留意脚下。

这时，我的脚趾卡住了，我跌倒在水泥路上。

那一瞬间，我体内深处什么东西应声而断。本尼听到我惊呼出声，随之约翰跟我同时松开了自行车。约翰竭力扶着我，我则痛不可抑。本尼骑得摇摇晃晃，不过一直在往前走。

“妈妈，对不起！你还好吗？”他转过头喊道，“看！我还在骑！”

就是这样，我又感受到了这个美丽缤纷、充满生机的世界。

次日，我躺在医院的核磁共振成像仪内，里面嘈杂的声音像心怀敌意的外星人在摩拳擦掌，俨然一个朋克乐队的效果。那一刻，我想起了自美国国家公共电台听到的一则故事。

有位韩国老板利用团建活动为员工鼓舞士气。员工们穿着长袍围坐在桌旁，老板要求每人都要为所爱之人写一封信，当作彼此最后的通信，大家可以难过地抽噎，也可以痛哭出声。桌旁摆着一个大木盒子，但它不是普通的木盒子，而是一具棺材。

员工们写完信后，躺入棺中，旁边的人扮演死神，慢慢逼近，然后将棺盖钉紧。大家在漆黑的棺材里静静地躺10分钟左右，假装这是一场真正的葬礼。等大家从棺材中出来时，他们对万事万物的看法都会改观，会以更加饱满的激情投入到工作中，会更加感激生命。

而此刻的我，目之所及都是穿着袍子平躺在逼仄嘈杂的仪器内的病人。他们安静地坐在轮椅上，进出于这些阴暗的地下室房间。身在控制室内的这一个多小时里，仪器时而哐当，时而嗡嗡作响。我想我们都在练习，练习如何成为“寂静之神”。我心想，去他的死神。显影剂流淌在我的血管中，就在技术员提醒我时，“医学成像之神”也离我越来越近，却始终没有触到我。噪声终于戛然而止，我听到近旁的房间里另一台仪器正在发号施令：“呼吸，屏气，现在呼吸……”

在核磁共振仪控制室里，深色的屏幕上生成了一幅图像——一个肿瘤侵蚀了我的脊柱。医生说这是病理性骨折，是由潜在的病症导致的。这次的核磁共振成像显示我身上的癌细胞已扩散至骨头，医生告诉我，我只剩18～36个月的时间了。

半小时后，我以相同的姿势平躺在由帘子隔成的急诊间里。放射肿瘤科住院医生紧握着我的手，轻拍着我的光头，眼含泪光地告诉我，他跟我保证过，过去两个月我持续感受到的疼痛是因为数月的化疗削弱了核心肌群，但其实这种疼痛是癌症所致，现在大概什么治疗手段都无效了。

第一期

1
一个小点儿

医院的电话打来时，约翰远在新奥尔良的一间会议室里。我在家中的卧室里将洗好的衣服一一叠起，微光透过窗户洒进来。窗外柳枝上残留的枯叶在枝头颤动着，它们大概早已准备好要坠落，但还执着地不肯放手。暖气在出风口处嗡嗡震颤，狗狗在舔腿上的一个小斑点。新年像一个问号般将至未至。快正午时，床头的电话响了。此刻，孩子们肯定在学校里排队准备午休，他们伸手戴上手套，像探险家一样。

“你得了乳腺癌。”负责活组织检查的医生是这么告诉我的，“一个小点儿，只是一个小点儿。”我一字不落地告诉约翰。看到我的信息时，他走出分组会议室。我又一五一十地告诉了妈妈，不过她说：“你一定是在开玩笑，一定不是你，你还这么年轻。”

爸爸带着鸡汤来我家时，我向他重复了医生的话。我跟挚友蒂塔也是这样说的，她惊讶地反问我，我们坐在沙发上仔细揣摩着医生在电话中说的这18个字。我每时每刻都在想这句话，刷牙时、在拼车专用道上时、解开内衣时、入睡时、在杂货店里穿梭时、走在林荫道上时、躺在狭窄而哐当作响的核磁共振仪里等待医生近距离观测病情时……我在想，只是一个“小点儿”。

渐渐地，这句话变成了一首圣歌、一个战斗口号。一个小点儿嘛，可以治好的。一个小点儿而已，只需花一年的时间就能治好。没人会因为这样一个小点儿就死掉。

“哦，乳腺癌。”我想起了93岁的姑姥姥因为心力衰竭而在临终时说过的话，“20世纪70年代，我得过这病。”

2

麻烦重重

接到医院电话几周前的一个温暖的夜晚，我和约翰坐在前廊，一边喝着威士忌，一边欣赏日落。我们沐浴着阳光，整个世界笼罩着一层橘黄色。太阳终于消失在对街邻居的屋顶后，那位退休的教授正坐在室外的秋千上，他再也记不起自己的宠物犬叫什么名字。他妻子的身影在厨房窗户内若隐若现。老教授朝我们点头微笑。抬头时，他只能看到即将到来的夜空。

我告诫孩子们，如果下床溜到我们这边来，就会“麻烦重重”。

3

庞纳特方格法

“我的祖父得过乳腺癌。”

听到这句话，不管正在为我绘制家族病史的是谁，他都会抬起头来。“20世纪70年代，他接受了根治性乳房切除术。他的妹妹也得了这种病，五十几岁就去世了。得这种病的还有他的侄女和女儿，也就是我的姑妈。”

我坐在遗传咨询室的办公室里，遗传咨询师正在纸上快速草拟出我的家谱，上面有四方形，也有圆形。得癌症的亲属名字标着X，纸上有好多好多X。

我母亲这边的亲戚：她的父母都得了癌症，不过不是乳腺癌。她的妹妹得了早期黑色素瘤。在这次咨询过后不到6个月的时间里，我妈妈将死于一种叫作多发性骨髓瘤的血癌。

我发现遗传咨询师正在绘制的图表，跟我七年级科学课上学的庞纳特方格法很相似。那时长大成人似乎唾手可得，却又遥不可及。庞纳特方格法类似占卜算命，比通灵板或“东南西北”折纸游戏更高级。随便从班上选个男孩，你就可以预测出自己跟他会生出棕色眼睛或手指、脚趾上长棕色细毛的宝宝。比如此刻，遗传咨询师的图表显示我会得癌症。

我记得当时的庞纳特方格法上写有两个孩子——麦克·亨宁格和克里斯蒂塔·斯泰普尔顿，他们俩百分之百会生一个蓝眼睛的宝宝。他们的未来已然确定。七年级时的我看到这个结论不禁为之一振。当然，前提是克里斯蒂塔跟麦克相爱，并且愿意跟他生孩子，并且克里斯蒂塔会怀孕，并且宝宝会平安出生。

至于我父亲这边的亲戚，他的姊妹携带乳腺癌2型易感基因突变。20世纪90年代，她在被确诊患有乳腺癌后做了测试，是我们之中第一个接受这种测试的亲戚。她的女儿没得癌症，不过她的身上也有这种突变基因。父亲还在世的三个兄弟中，至少有一人也携带这种突变基因。

结果显示我身上没有这种基因，但37岁的我却被诊断出患有乳腺癌。可我并没有携带乳腺癌易感基因啊！

“我待会儿发你一份研究资料。”遗传咨询师告诉我，“鉴于你的情况，你也许会对其中的发现感兴趣。”

研究资料显示，在一个家庭中，如果经鉴定，有一人携带乳腺癌基因突变，1型或者2型，即便其他家庭成员身上没有这种突变基因，他们患乳腺癌的概率也会大大提高。

“这就是说，我们的图表可能漏掉了某些基因。”遗传咨询师说道，“这只是冰山一角，并非全貌。”

唯一可以确定的是，我们对于很多事都没十足的把握。

据我们所知，是否罹患乳腺癌，基因仅占比11%，剩下的89%如同天外飞来的横祸，会随机地飞向我们。

祖母去世两年后，患有乳腺癌的祖父在我7岁时也去世了。他们两人都死于癌症，祖父的乳腺癌可能转移到其他部位了，也许是死于其他类型的癌症。当时是20世纪80年代早期，还无法确定具体是什么类型的癌症。

“你看过他乳房切除后的疤痕吗？”一位叔叔在我确诊后问我。

我看过一次，不过当时我以为那是祖父在战场上受伤留下的。那时是夏天，我只有五六岁，我们家在科德角有一栋避暑别墅，别墅下面是一片岩滩。祖母养了匹马，叫作酋长，当时它的腿卡在两块巨石之间，它使劲往外挣脱，结果腿咔嚓一声断了，无奈之下，大人只好将它射杀。马的尸体过于庞大，我们无力挪动，就将石头摞在马身上。大家都累得大汗淋漓，那个石堆堆得比我还高。

祖父十分瘦削，肌肉发达，但身板僵硬，我们家都是这样的体格。不过他裸露的胸口却是另一番模样，狰狞扭曲的疤痕下面便是胸腔，好像凿空木头做成的小船。

“大人的生命真是充满惊奇，”我当时这样想，“但谁又能想象得出当大人究竟是什么感觉呢……”

数年以后，我们沿着岩滩往远处漫步，经过陡峭的悬崖，来到一片杂草丛生的海湾，发现了酋长白森森而凌乱的骸骨。刚看到时，我以为是什么远古巨兽的骨头，那么大一块。我们将其中一块骨头置于壁炉架旁的桌子上，上面还有一个张着大嘴的竹荚鱼下颌、一只王蛇蜕下的皮、好像一碰就会碎的无数海螺卵附着形成的螺旋体，还有两座木牌，上面刻着祖父母的生卒年月。

有些事情总是一而再，再而三地在我们身边发生。

4

不是什么好消息

“在整理好自己的情绪之前，我不想告诉儿子们。”确诊后的次日，我对妈妈这样说道。弗雷迪刚满8岁，本尼只有5岁。

“好。”她说，“不过你知道，其实不存在什么最佳时机。”

8年前，妈妈从医生办公室出来便给我打来了电话，当时我正坐在床沿照顾两周大的宝宝，妈妈告诉我她得了多发性骨髓瘤。

“该死！为什么会得这种病？太气人了……”我记得她当时是这么说的。

我没有哭，并叫她不要担心，要专心开车，平安回家，还告诉她我要打电话通知正在外地上大学的弟弟查理。但当我真正要传达这一噩耗时，竟无语凝噎。

“你要说什么？”查理不停地问。

“不是什么好消息……”我只能这样说。

谢天谢地，他只问了我几个问题便弄清楚了来龙去脉。

我坐在床沿，一动不动地待了好久。宝宝躺在我的大腿上早已醉奶，他的连体衣也湿透了。

5

www.嘿，妮娜·里格斯一切都会好起来的.com

确诊后的星期一，碰上孩子们的学校放假，约翰就请了一天假带他们去外面玩，好让我整理思绪。我平躺在床上，想象自己是一个病人的样子。

病人都在想什么呢？他们是怎么知道自己从何时开始生病的？自从在电话中听到医生跟我说出“癌症”这两个字，这几天以来，我都出乎意料地冷静。我看到约翰眼中流露出的恐惧，莫名又有些释然。我一直在想，这事确实发生了，太可怕了。原来这就是厄运降临的感觉。我心中莫名开启了一扇门，就像是在郁郁葱葱的森林里，有一湾小小的深潭荡漾开来，幽美温馨。

在此之前，就算一个星期之前，我都是另一番模样。现在，我在谷歌上搜索乳腺癌的死亡率。过去10年间，我搜索了百余个极具灾难性的主题，几乎可以借此拿到“谷歌博士学位”了。这些灾难性主题都是关于有可能降临在我的孩子身上的厄运，比如无意中感染了狂犬病毒的死亡概率、绿便腹泻的死亡概率、长大耳垂的死亡概率、吃了游乐场地表覆盖物的死亡概率、疯狂迷恋吊扇和可爱幼猫的死亡概率……

记得有一次，我看过卵巢癌初期并不容易被检查到的网页信息，因为病人感受不到明显的症状。我也同样感受不到，但我根据家族病史推断，“很明显，我得了卵巢癌”。

约翰听到后不禁摇头。“你真是疯了。”他说，“你知道的，虽然你不是真的疯了。”自打孩提时代，只要睡在别人的床上，我就会计划好逃生路线。约翰却一点儿都不担心，或许只有等到屋内烟雾缭绕，火舌蔓延至门口，别人来摇醒他时，他才会说：“好吧，或许我们该打911了。”

有件事，我必须深深地忏悔。有一次，我独自一人照顾了宝宝很长时间，天都黑了，约翰还没从公司回来。9个月大的弗雷迪时不时吮吸着手提电脑的电源线，每次舌头上吱吱作响，他就一边咯咯笑一边呜呜哭，而我都听之任之。因为这样一来，我就有时间上网搜索资料，有时间查一下身体健康同时语言早熟的9个月大的宝宝得自闭症的概率有多高。

几年前，我接受了心理治疗。经过很多练习之后，我逐渐意识到，只有让我看到网站上明确写着“弗雷迪和本尼会很好，你和约翰也是”，我才会安心。我不由得大声嘲笑自己。即便如此，我还是时时处处预见灾难，频频检索网页，直到确信根本不存在这样神奇的网站。

“你太紧张了。”心理治疗师告诉我，“你总是觉得，一旦厄运降临，你就会被彻底摧毁。”

而现在，我躺在自己的床上，这种被摧毁的感觉很平和，就好像飘飘荡荡进入了梦乡。“这才是真正可怕的事。”

在我胡思乱想的时候，约翰带着孩子去了公园玩，逛了塔吉特百货公司，还去了图书馆。他们回家后，约翰轻手轻脚地上楼，坐在床尾。“我得跟你谈谈。”他说道。

“好。”我答。

“我真不希望跟你说这些，但你一定别崩溃。”

“好。”我再次答道。

“我发现弗雷迪得了糖尿病。”约翰患1型糖尿病已近20年，据说这种病不遗传的……

“好。”我真的再也想不出别的话。

“我看到他在图书馆的饮水机那里喝了很多水，就突然想起当年确诊时，我也是常常这样。我就用检测仪测了测他的血糖，确实超标了。”

“好。”

“应该就是这种病了。”他说。

我说不出任何话，只是穿上外套，跟约翰整理了些东西放到车上，然后打电话预约儿科医生，马上赶往医院。弗雷迪眼中流露出恐惧和疲惫之色。

“真的是糟糕透顶。”我说着把他拉到我身前，拥着他走向车里，“不过相信我，你会活下去的。”

去医院的途中，医生打来电话，告诉我核磁共振的结果出来了。我们顺便去了下跟儿科在一栋大楼的乳腺中心。接待处的女士将检查结果交给我，还给了我一个大大的粉色托特包。“这是附赠品！”女士说道。

“一个小点儿。”报告单上证实了医生的话，我终于松了口气，但当我背着那个粉红色的大托特包往儿童病区走去时，又忐忑不安起来。

弗雷迪在医院时表现得很勇敢，不过他也很讨厌打针，因为护士扎了好几次才找对位置。他小小的手上满是针眼，而他也毫不客气地抗议护士的“暴行”。

护士试了几次都没成功，他因此怒气冲冲地说：“让一个小孩儿这么痛苦，你竟然无动于衷。”还说道，“你以前真的给别人扎过针吗？”他还说，“你现在不用去照顾其他病人吗？”

护士翻翻白眼。随后，约翰去弗雷迪最喜欢的中餐馆买鸡翅和肉汤。这些食物的碳水化合物含量低，也不会使他的血糖浓度升高。趁他出去买东西时，我打电话给妈妈。

“我知道我说的话听起来可能有点儿像胡说八道。”我说。

首先，我把磁共振成像的检查结果告诉她，然后又跟她说明了弗雷迪的诊断结果。医生希望我们在医院待三四天，等他的血糖浓度恢复正常，肾脏功能趋于稳定，并教我们如何给他注射胰岛素，尽管约翰早已久病成医。

现在是流感季节，所以本尼不能待在病房内，晚饭后约翰就带他回家了。稍晚一点，我和妈妈通了电话。

“其实我本不想告诉你弗雷迪的病。”约翰告诉我，“我原本打算直接带他去医院，然后跟你说我们一时兴起决定去旅行，因为我之前觉得不让你知道这事比较好。”

弗雷迪终于睡着了，我躺在他床边的折叠椅上。病房内的灯都关了，只剩下心脏监护仪一闪一闪的光亮，如灯塔一般向这黑夜稳定地发送密码——目前一切都好，目前一切都好，目前一切都好……

“真庆幸刚才是你在照顾孩子。”我说道，“如果是我的话，可能就不会察觉。我感觉自己好像做了脑叶白质切除手术。”

“对，我刚才还想告诉你，不过我也让医生注意你的头部了，”他说，“貌似这样做最好。”

6

不知所措

杜克癌症中心临床研究协调员说我真是三生有幸，成功挤进了有“三阴性乳腺癌女王”之称的医生候诊名单中，她为我确定了治疗攻击性十足的荷尔蒙阴性肿瘤的方案。

约翰跟我坐在诊断室里等候时，我顺便自拍了一下。

“你看，我们俩明明怕到极点，却硬要装作一切都在掌握之中的样子。”我给他看照片的时候说。

“你觉得今天会有几个人抚摩你呢？”他说道。

第一个预约在上午9:20，直到下午6:00我们还在医院。卡西诺医生行事利落得像一把折叠刀，她脚上蹬着及膝黑靴，上身穿着白大褂，看上去十分干练。她大概就是我的另一面。

她似乎自带一种令周遭人敬而远之的气场，约翰跟我马上就喜欢上了她。她对我的病情了如指掌，并认为我的癌症“治愈率很高”。她说她更喜欢将融合了多种药物的化疗称作“食谱”，因为想到“鸡尾酒”，她就不禁想要喝一杯。但现在是大白天，肯定不能喝酒，所以她觉得有点儿扫兴。那么，也许我们之间也没有很大的不同。

“她对我的病似乎无动于衷（nonplussed），我喜欢。”卡西诺医生离开诊断室后，我一边跟约翰说话，一边扭着身体穿运动内衣。乳房上还有活检留下的大片瘀青，我一遍遍提醒自己那不是肿瘤，只是副作用。“对于我的病，她相当漠然，甚至还可能觉得有点儿无聊。所以，我觉得这是好事。”

“nonplussed可不是你说的那个意思。”约翰一边接听刚才漏掉的工作语音留言，一边说道。

“是吗？”我说道。我穿反了衬衣，他帮我从头顶脱下来。“难道不是无动于衷的意思吗？就是对什么事都没兴趣。”

“恰恰相反。”他将一只手伸进我的衬衣底下胡乱摸索着，另一只手拿着手机在谷歌上搜索这个词。“我不信。”我说道。他给我看词条解释。

“哦，”我说着推开他的手，“那么我就喜欢她不知所措的态度。坦白说，对于你在这间诊断室里的所作所为，我也很不知所措。”

今天剩下的事就是扫描、等待、与药剂师沟通、继续等待、与其他的医疗人员碰面，有放疗肿瘤科医生，还有外科医生。外科医生问我是选择乳房肿瘤切除术还是乳房切除术时，将“我的决定”误说成了“我的切口”，这种弗洛伊德式的口误让我不由失笑。

7

癌症不会控制我

当我们知道不能吃半熟金枪鱼、如何系方围巾、哪一种漱口水对于治疗口腔溃疡十分有效时，大家都异常振奋。

我跟一位面善的护士，还有许多刚确诊的七八十岁的同病相怜的人，一起围坐在癌症中心的桌子旁。人数之众，令人窒息。

“我们玩得开心吗？”一位抹着浓艳口红的女士一边摆弄着手杖，一边问道。

“我倒是很开心。”她的丈夫开口道，冲着护士咧嘴一笑，随之又冲我笑了一下。

我发信息给原本要陪我来医院的蒂塔。“此刻真希望你跟我在一起，你一定会喜欢这里的情景。”蒂塔是小说家，热衷于探究事物内在的运作方式，比如人体、思想、人际关系以及互助小组会议。她喜欢抽丝剥茧，审视每个不可思议的角落。我们会花上数小时在杂货店里剖析某种奇怪的互动，剖析服务生的怪癖，剖析她姊妹的前男友的妈妈所面临的情感难题。“我竟然有机会接触这种意想不到的‘亲密关系圣地’。”我写道。

“拜托，写下，每一件事！”她回信息。

护士强调，在化疗期间发生性行为一定要戴避孕套，然后所有人齐刷刷看向我。我不由恼火地在活页纸上记下这一点，并在“避孕套”这个词底下画了两三道线。

“我患有癌症，可癌症不会控制我。”有人这样说，我们纷纷点头。

在讨论化疗期间禁止食用壳类海鲜时，一个身穿高尔夫夹克、面色灰白的男人称自己“喜欢从虾尾处剥虾壳，这样特别性感”。

“哦，我的天，又来了。”他的妻子抱怨道。一段长长的沉默之后，大家都大笑起来。

我们满怀热情地齐声背诵癌症中心的电话号码，希望彼此都健康安好。

我们毕业了，已经准备好加入大联盟。

8

你还好吗？

治疗室没有门，可以拉下帘子低声说话，但说到底这里还是个像公海一样的地方。人们在这里等着摄入有毒的药物，希望可以借此好起来。这里的时间过得与别处不一样，那么漫长的等待，那么多事同时发生。医护人员不断地进行复核，扫描病人的腕带。所有应对化疗副作用的药物都用上，比如止吐药昂丹司琼、类固醇激素，还有生理盐水冲洗。我的耳中不断传来“请重复一下你的名字和出生日期”“你想吃零食吗？”“还喝水吗？”……穿着防护服的护士们敏锐的眼神、静脉管里一点儿一点儿滴下的液体、人们的笑声、法式炸薯条的味道、姜汁汽水打开时的嘶嘶声，还有手机中不断弹出来的信息……

“你还好吗？”在这片化疗的海湾中，我这样问自己。

“我想是吧。”我自顾自地回答。

9

多疑之境

得知诊断结果后，我发现自己根本无法集中精力读书，思绪一片混乱，我也没有耐性等待别人慢慢展开观点和想象。

“对，我以前刚确诊时也是那样。”我跟妈妈陈述自己的情形时，她这样说，“我经常盯着墙壁放空，一集一集地看完了《海军罪案调查处》，有点儿像怀孕时的样子。不过别担心，你会适应的。”

我记得几年前的圣诞节，当时妈妈病得很重，也很茫然。我们就在一个寒冷的周末，去海边读米歇尔·德·蒙田的传记，并讨论了一番。这给了妈妈脚踏实地的感觉。于是我找出以前在研究院时影印的蒙田的文章，开始读了起来。

其中，我最喜欢的一篇文章是蒙田的哥哥被网球砸中，23岁时便溘然长逝：

> 他没有坐下来，也没有休息，不过五六个小时后，他便因为这股冲击中风死去。
>
> 曾经目睹过那么多平淡无奇的死亡，我们怎么可能不思考

死亡这个念头呢？它怎么可能不每时每刻扼住我们的咽喉呢？

蒙田生活在16世纪的法国，他逐渐意识到，死亡是他生命中的常客：6个女儿中，有5个于幼年夭折；黑死病大瘟疫中，他最好的朋友溘然辞世，就死在他的怀中；他终生被肾结石所折磨，身体虚弱。

折磨总是从不间断，永远无法消除。死亡无处不在，我们左顾右盼，希望能够避免，犹如身处多疑之境。

多疑之境，我也开始了解到那个地方。

当然，多疑之境比市区的一家叫作“特别之地假发”的假发店名好听多了。这家店专卖化疗及脱发用品，比如各式各样的帽子、色彩鲜艳的围巾、假发、舒缓面霜，甚至还有用人类头发做成的眉毛，外包装已经黯淡泛黄。

第一次去那里时，推门而入的我手中握着肿瘤医生开的处方条，上面写着“头部假体”。当时，我刚刚确诊，心中一片茫然。医生第一次给我这张处方时，我随即便丢掉了，心想：“哦，这一定是给别人的，我的头发还好好的。”

设计师卡特琳为我剃光所剩无几的头发，并帮我戴好假发。蒂塔给我拍了很多照片，我们大笑不止。

蒙田曾写道：“马有失蹄，屋顶也会倒塌，无论针刺的痛楚多么微不可觉，都会立即让我们反思一个问题，即‘如果这真的就是死亡，那会怎样？’”

当剪刀突如其来地剪落我的头发，当理发剪咔嚓作响，当你的新头发出现在鞋盒里，柔顺又整齐……

尽管有盗贼在周边游荡，政局也十分动荡，但店主说从未请过守卫，也从未锁过一扇门。我尤其喜欢他这一点。他知道那些可怕的人或事总会到来，但斟酌之下，他觉得不如下定决心与其共存，尽管听任它们造访："我希望死亡降临时，我正在播种卷心菜，而不是正在为死亡担忧，遑论我那还没打理好的花园。"

假发散发着毒气，我感觉自己像个银行劫匪。不过，这也许只是我通行多疑之境的伪装。

10

我相信（爱上你，便是永恒）

弗雷迪出院次日就迫不及待地想回去上学。我跟约翰走进护士办公室，手中拿着血糖监测仪、胰岛素笔、酒精棉片、胰高血糖素和护理计划书。弗雷迪仍抱有一线希望，他最想知道的是自己还能不能够随心所欲地吃牛肉干。但是，我眼中的他跟以往背着书包穿梭在这个世界的他已然不同。因为他的书包里装满了“注射剂、慢性病、血糖指数、酮类、医院”这些词。

之后，我想起了20世纪80年代早期的一个夜晚发生的事。那晚是雷暴雨天气，爸爸开着他白色的旧卡车载着我，从波士顿北部某个地方沿着128号公路一路往南行驶，当时车子因为引擎过热抛锚了。我们被困在高速公路边上，孤立无援。

在那个年代，如果车子抛锚，人们一般会找电话亭打电话寻求救援。当时，我大概8岁，夜里留这么小的孩子待在高速公路边的卡车里有点儿不妥，所以趁着大雨暂时减弱，我们就走进又高又湿的草丛中，往出口匝道不远处星星点点的人家走去，那些房子在夜色中黑黢黢的。

由于暴风雨，家家户户都停电了，我们敲了几户人家的门才找到一部电话可以使用，爸爸马上打给肯定早已担心不已的妈妈。随之，我们又长途跋涉回到卡车里，等妈妈来接我们。

卡车电池还有电，我们放着爸爸当时最喜欢的磁带——史提夫·汪达的《会说话的书》专辑。车窗上一片雾气，我还记得当时驾驶室里的味道——混合着锯屑、橙皮、灰尘和咖啡的气味，一如爸爸身上的气息。

我懒懒地靠在刺痒的编织衬垫上，断断续续地打着瞌睡，耳边一遍又一遍地播放着《我相信》（爱上你，便是永恒），听完后又会倒带再来一遍。播放到“我相信”部分时，爸爸会用假声跟着和声，而我则成了最心满意足的冒险家，因为那时候早就过了我的就寝时间，我在黑暗中看着外面车灯忽闪。很快，妈妈就开着小小的大众“兔子”赶来了，将我们安全接回家，然后上床睡觉。

现在的弗雷迪跟我那时差不多大，我打算跟他开诚布公地谈谈，告诉他他得了糖尿病，我得了癌症，如何治疗以及令我很不安的事，尽量让这些话听上去没那么可怕。或许我也无法应对最可怕的事，但应对这些不那么可怕的事情，我还是可以的。

我仔细观察他是否有创伤、痛苦或愤怒的迹象，每天问他一百次感觉如何，竭力压抑自己那乱七八糟的愧疚感和不安感。

一天，他轻轻拨弄着我手上新增的静脉输液疤痕，说道：“有时候我特别想念医院，想念到哭出来。”

医院。不断发出哔哔声的机器。凌晨3点走廊里昏暗的灯光。狭窄的乙烯基沙发和纸床单。我凌乱的头发。我胡乱堆在椅子上的杂物，粉红色的乳腺癌大托特包。我提心吊胆地盯着弗雷迪的尿液样本罐，看有没有酮体产生。儿子身上各种管和线纠缠在一起。医生认为他还患有尚未查出的心脏病，我们等了4小时零12分钟。其间，技术员、医生和护士一遍遍地过来。弗雷迪想念的是那样的医院？

“在那里，我可以一直玩电子游戏，”他说道，“而且夜里你爬上床搂着我，我们一起聊天，你还记得吗？”

哦，他想念的是那样的医院啊。他的头抵着我的下巴，我闻到了他汗湿的鬈发的气味。每当有陌生人走进病房，他都会攥紧我的手。他的呼吸声很均匀——他长大后，我再也没有躺在床上清醒地听过，那一刻我仿佛又变成了那个不知所措的新手妈妈。

那么问题来了：当时，爸爸在深夜的暴雨中驾驶，带着孩子去敲响陌生人家的门，坐在川流不息的128号公路路肩上，最终不得不留下抛锚的卡车。有没有可能，爸爸那时跟我不一样，他并没有觉得特别刺激呢？

与此相反，他是不是既担心又疲惫，而且束手无策呢？

《我相信》这首歌，是不是也没有为他开启微光闪闪的冒险世界？现在的他还会独自在车里唱这首歌吗？唱的时候有没有觉得自己很幸福？有没有觉得有很多人爱着自己？无论接下来将发生什么，他都会兴奋不已？

刚才，我问爸爸还记不记得那次旅行。他说：“哦，当然记得。那晚回到家，我真是累坏了。”

我为爸爸拷贝了一张《会说话的书》光盘，换掉早就坏掉的磁带。几天前的一个晚上，他在家中的厨房里播放了这张光盘。看来，虽然已经过去了30年，他还是会同以前一样跟着这首歌低吟浅唱。

这让我不禁想：如果你爱上自己的孩子，就会爱他们一辈子。在那个黑夜的高速公路上发生的事，是同样的道理。在那辆抛锚的小卡车驾驶室里，循环播放着史提夫·汪达的歌，令人心安，让人相信一切都会安好。

医院单人病床上那两个依偎在一起的身影，也是一样的。那种情景好像在说，不管怎么样，孩子都会安然无恙。

11

跟自己跳舞

我每次化疗之前，蒂塔和她的丈夫德鲁都会模仿比利·爱多尔咆哮时夸张的嘴形，然后发给我看他们的搞怪自拍照。“要有摇滚范儿，宝贝。”蒂塔写道，“你做得到的。”

有一次，我在诊断室里一边穿医院的蓝色长袍，一边摆出同样的自拍表情回复他们，这时一位技术员没敲门就进来了。“嘿，你还好吗，里格斯小姐？你看上去有点儿不对劲。”

“我一点儿问题都没有。”我说着控制住自己没有大笑，“我只是想模仿摇滚巨星的样子，发给朋友看。”

“哦，好。”技术员说道，“嗯，以防万一，我跟护士待会儿过来。你可以坐下自拍，如果有需要，可以摁蓝色按钮。”

12
狐狸诗人

这一天，我跟约翰在杜克癌症中心，我们看到一个穿着一套毛茸茸狐狸玩偶装的男人。他就坐在大厅里，旁边有个打字机。你给出一个词，过一会儿，他就会“奋笔疾书”打出一首关于这个词的诗。

我在乳腺门诊那里等了很长时间，其间约翰出去散步买午饭。回来时，他在狐狸诗人那儿停了下来。

“狐狸”为排在约翰前面的一个女人写了首关于他童年时光的散文诗，有点儿杂乱无章。还有一个人拿到了一首五行打油诗，全跟“希望”（hope）这个词押韵：不（nope）、肥皂（soap）、笨蛋（dope）。狐狸诗人好像有点儿江郎才尽了。轮到约翰时，给出了“不知所措”这个词。

“不知所措……”狐狸诗人说道，“好，没问题。”接着他打出了一首自由诗。这首诗也正好可以看出“狐狸”根本不知道这个词的真正释义，但这首诗还是一份不错的纪念品。

“要一直/不知所措。让/他们运作/以剖开/你。”狐狸诗人在其中一段中如是写道。

“你一定会喜欢这个。”约翰回到乳腺门诊时，拿出这首诗。

“嗯……这跟我的情感哲学不太像，”我说道，“我喜欢被人剖开的感觉。”

“不过，对于一次治疗之旅来说，这倒真是首不错的颂歌，”约翰说道，“尤其是考虑到这首诗出自一位穿着狐狸玩偶装的男人之手。”

“说得好。”我说。所有的癌症斗争口号，无论是战斗、活下去，还是成败、让它好看，对我来说都像空话。不过，我不反对自己不被癌症击垮。

“我会变成这世上最坚硬的小坚果，”我跟约翰说，“又青又涩、不屈不挠，将成为松鼠最可怕的噩梦。”

“只是一个小点儿。”约翰握紧我的手说道。

13

存在与虚无

我和约翰是在一块墓地相遇的。那是大学期间的一个暑假，当时我在宾夕法尼亚州卡莱尔打工，我们俩同在一个天才少年夏令营担任助教。我教写作课，他教存在主义课。我们会带着学生从营地沿着街道走到头，去一片草木不生、历史悠久的墓地进行户外教学。偶尔，两个班会碰巧遇上。也许你会说，我们的兴趣相似。

“上课怎么样？”当我跟约翰在墓地四处分发课程讲义时，他这样问我。他长着一双令人着迷的蓝眼睛，脸上挂着略带性感的微笑，反戴着一顶鸭舌帽，穿着一件T恤，捧着一本萨特的法语版《存在与虚无》，书页有很多折角。我想说的是，还是算了吧。

“还不错，”我说道，“不过课程结束时，我真的会松一口气。我整天都在讲连自己都不知所云的东西，那些孩子真的很聪明。”

“没错。可以适当地给他们讲一下康德。”他说道。

“我‘做不到’。”我答道。[1]

1 译者注：康德——Kant，在英文中与can't同音。

我告诉他，太累的时候，我总会把“孩子们”误说成“淮子们”。

“将来你肯定会是位了不起的妈妈。”他说。

我要求孩子们以这片墓地为背景写日记，提示如下：“偷偷在墓地里选一个名字及其生卒年月，写一篇人物速写，不透露所在地，描绘你的所见所闻。设想并描述自己的死亡。写一则爱情故事，第一段以这块墓地开头。”

约翰的学生在我们班旁边读克尔凯郭尔，他们凝视着手中的小镜子，以做辅助。墓地上的草锋利干枯，还有很多蚁丘，几乎没有可以坐的地方，而且这里的空气似静止一般，旁边的那排老兵旗纹丝不动。周围很安静，偶尔有肌肉车经过街角交通指示灯时传来的引擎加速声，还有蜜蜂的嗡嗡声：有拼命大声嗡嗡嗡的蜜蜂，也有围着人的脚踝静静飞的金属色小蜜蜂，后者叫作汗蜂。

一天，我站在大门入口附近的“水壶莫莉”纪念碑的水泥大裙子和举起的推弹杆旁，我们班3个女生过来找到我，说刚才有个男人出现在她们原本坐的地方附近，把掉到陷阱装置里的土拨鼠一同搬到卡车上。她们还说土拨鼠在陷阱装置里面上蹿下跳，那个男人就用铁铲狠狠敲它的头，直到它一动不动。其中有个女生哭了起来。

“呀！”我说，“不过我想，这可以作为你们故事里的一个情节转折。”她们耸耸肩走开了。我觉得差不多是时候回教室了。

“食堂见，”我意味深长地看了约翰一眼说道，“如果你确实在的话。”他冲我翻了翻白眼，继续为一个13岁的孩子讲述海德格尔的“此在”理论，那个孩子染着紫色的头发，穿着手工针织羊毛短裤。

一直以来，我都很喜欢水壶莫莉——独立战争中的一位超级妈妈，她无所畏惧地走上战场，提着水壶送水，照顾伤员，擦洗血迹，四年级的历史书里有她的故事。

蒙茅斯战役激烈交火的那天异常炎热，温度高达37.8摄氏度，她找到一处隐蔽的泉水，为士兵们送来清冽的水源。据说那天下午晚些时候，她在丈夫精疲力竭丢下装填杆后，捡了起来，开始擦拭、装弹药，将英国人赶回新泽西的桑迪岬。

还有一次英国人的火枪发射出的子弹穿过她的双腿，撕裂了她的连衣裙，她身上只剩下上衣。据说莫莉大叫道："好吧，已经很幸运了！"

这些天来，每当心慌意乱，如同置身于战场、裙子被烧了一个洞，我都会想起水壶莫莉。

当我在淋浴时，我看到阴毛一下子全部脱落，像溺死在下水道里的小麝鼠。当我接到学校通知、前往学校跟老师谈论大儿子的某些不良行为时，途经大厅，一个幼儿园小朋友看到我便开始哭；当我跟孩子们一起为复活节彩蛋染色时，我因为硫黄和醋的刺激性气味而在洗手间呕吐不止；当有天早上醒来时，我身上全是荨麻疹，嘴唇和眼睛肿得像被人狠狠揍了一顿。

生活中，最像水壶莫莉的是我的朋友梅丽莎。她代我去学校接孩子，一边工作一边照顾他们，一连好几个小时；她还组织一群朋友每晚捧着晚餐出现在我家门口，送来汤、烤鸡，还有乳酪烤茄子。起初，朋友们过来拜访时，我会努力装得跟正常人一样，但最终还是放弃了。癌症可以消除平时存在于人们之间的各种奇怪隔阂。我妈妈说过，彻底切除是废话，最初所有的"哦对，一切都会好起来"之类的话，最终都会跟医疗废品包一样被运走。

一天早上，我跟学生们去卡莱尔墓地，我在水壶莫莉附近发现了一块墓碑，上面写着"莫莉·麦考利"。后来，我在图书馆查这个名字，发现她就是水壶茉莉的原型：她生于卡莱尔，卒于卡莱尔，生前是一位抢手的用人，跟军人一样满口脏话，因此而闻名遐迩。而且，“水壶莫莉”这个名字是编造出来的，大概源于一个流传了几世纪的传说，也许是撰写四年级教科书的作者在妻子让他帮忙搭手叠衣服时，随意编出来的故事。

看到这些以莫莉为原型虚构出来的传说，我有点儿生气，也因此越来越喜欢挖掘她鲜为人知的故事。比如，她一直努力劳作，喜欢咒骂几句，借此安稳地生存下去。

而且，我越来越喜欢汗蜂，尽管我被叮过几次，没想到它们竟然喜欢汗津津又略带甜香的人类。我们不也一样吗？整整两年后，我和约翰结婚了。

我爱那位水泥雕成的勇敢女英雄，也爱这位真实存在过的女佣，虽然她满口脏话，戴着一顶褶边软帽，最终被埋葬在某个歪歪扭扭的墓地里，寂寂无闻。我喜欢她没有被火枪子弹击中这个故事，也喜欢这颗火枪子弹。我喜欢“这该死的混账东西”，也真的喜欢“好吧，已经很幸运了”。

14

透明的眼球

早上醒来，我的嘴里有一股化疗后油腻腻的味道，即使咖啡滑过舌尖也无法盖过。我在床上躺不住，但我与外面的世界同样格格不入。我感觉自己就像一部坏掉的相机，只能聚焦于在遥远的地平线上可能发生的事情（未来、治愈、复发、死亡），然后毫无预兆地将镜头拉近，聚焦于附近的一片草地（我嘴里的那股怪味是什么？又长了新肿瘤吗？谢谢您送我的这张精美卡片，这餐美味的饭。有人记得要给孩子们装上点心吗……）。随之，镜头再次拉远至地平线处，又拉近，循环往复。我不知道该把镜头聚焦于哪里。

我知道自己再也无法在屋里多待一分钟，于是我向树林走去。今天的树林格外郁郁葱葱、生机勃勃，我看着竟然觉得有些残酷，几乎有些心痛，而那片紫藤的芳香令我沉醉其中。最初我差不多是小跑，根本慢不下来，胸腔和指尖像过电般颤动着，我听到了自己的心跳声。但是，我的呼吸逐渐主导了身体，我开始慢了下来，听着自己踩在枯叶和根须上的稳健的脚步声，然后穿过青苔遍布的林地。

19世纪30年代末期，超验主义艺术家兼作家克里斯托弗·皮尔斯·克兰奇有一幅令人惊艳的素描图，它将爱默生的著作《论自然》中“透明眼球”的概念呈现了出来。爱默生认为，自然是我们感受上帝最近的方式。他还相信，人们不仅要用肉眼去看它、赞美它，更要让自然代替我们的感官去感受一切，这样才能真正做到欣赏自然。透明的眼球是吸收而非反映它所感知的世界：

> 站在天空下，我的大脑沐浴在清爽的空气中，飘飘欲仙，飞升至无垠的天空——所有卑微的私心杂念荡然无存。我变成了一颗透明的眼球；我是虚空，却又洞悉一切；宇宙生灵围绕着我循环往复；我是上帝的一部分，或一颗微粒。

在克兰奇的画中，远方的地平线处是群山，两条又细又长的腿上长着一颗巨大无比的眼球，它赤足站在广袤的草地上。这颗眼球戴着一顶大礼帽，穿着爱默生式的背心。画面非常滑稽，又非常美妙。化疗药物给我的感觉正是如此，我就是一颗滑稽的眼球，周遭所有的事物都围绕着我循环往复，而我全盘吸收，全都不放过。对我而言，类固醇和化疗才是我感受上帝最近的方式。如果爱默生听到，他一定会在坟墓里气到打滚。

一天下午，爸爸下班回家时顺路来到我家，他说，广播上说距我们的脸12～14英寸的地方，所有人都存在着生理盲点。爸爸是退休的建筑工人，现在在镇上的几座公寓大楼里当勤杂工。他携带着传呼机，24小时接收传呼，为人们换撞坏的门、换马桶底座、给泡水的厨房重铺地板、换锁芯。他一点儿都不介意随时被传呼，我觉得他反而乐此不疲。他讨厌静静枯坐，这份工作可以让他开着小货车，听着全国公共广播电台，在城里四处穿梭修理东西，匆匆忙忙出入于五金店，也出没于他人的生活。

“我从来都不觉得无聊，”他说，“而且我出去工作时，大部分时间都可以徜徉在自己的世界中，这就是我觉得这份工作最值得的地方。”

他一向都有点儿“魂不守舍”，有时候会说些疯疯癫癫的话。有件事我记得特别清楚，我20岁出头时，一次大家要去一家高档餐厅用餐，出门之前，妈妈跟我和约翰各抽了一根烟，爸爸则拒绝了，因为他在20世纪六七十年代时抽得很凶。我们都觉得，他从没这么理智过。

关于盲点，爸爸说表面上那个盲点位于视神经穿过视神经盘处，就是所有光受体细胞所在的地方。我们很少注意到它，因为另一只眼往往可以看到周围的事物，如果注意不到的话，也就是说两只眼的盲点重叠了，我们的大脑负责填补缺失的信息。

“是不是有点酷啊？”他说，“这个比喻很有意思，我们恰恰都是上帝不完美的设计。”

确实很酷，只不过如果你只是一颗巨大的眼球，盲点也会跟着变大。

我们在我的笔记本电脑上查了查，看到一个模拟盲点的在线测试——白色屏幕上有一个正号和一个圆圈挨在一起，眼睛距屏幕一英尺远。果然，人如果闭上一只眼，那个圆圈就会消失在视野中。

“我想知道这个盲点可以有多大，假设可以大到大脑无法精确地填补缺失信息。”我说道。

“我想无论盲点多大，我们看到的场景都不会那么精确。”爸爸说，“无论你看哪里，总有一个小点儿是大脑推测得来的。”

至于化疗这个盲点，不管它有多大，我都想爬进它里面，蜷缩起身体，消失在里面。我的大脑将它想象成“挡风玻璃上的一滴雨，蜜蜂的腹部，栖息在高枝上的唐纳雀，一弯新月，不，应该是一轮满月”。

其实，盲点指的就是你无法预见接下来会发生什么。爸爸高中毕业那一晚，没有看到迎面而来的一辆小汽车，然后发生了车祸。后来，医生检查他的视力，发现他几乎处于失明状态。他是六个兄弟姐妹中最小的那个，父亲人高马大，经常出门在外，母亲自食其力带孩子，她身上带有新英格兰人的贵族气质，绝对一板一眼、循规蹈矩。不过比起养育孩子，她更喜欢驯养马，而且这样一个清教徒气息浓厚的家庭也绝对不会雇用人。爸爸到处乱跑，也没人管他，从没有人给他检查过眼睛，从没带他治疗过学习障碍，更没人带他学过任何东西。他的父母甚至都没给他取中间名。

“我记得，我看到树枝上有一片片的叶子，看到砖墙由几百块独立的红石砌成。我很惊叹。”他回忆道，“我从来没想过水泥浆是什么。那场事故过后，我第一次戴上眼镜，四下里散步时，看到什么都觉得难以置信。”

父亲竟然活了下来，成为我认识的人中最无所不能的人。他会骑马、用头顶足球、炸鸡、清洁洗衣机、修理引擎、在暴风雨中为船系链、跳狐步舞、建树屋、给钢琴调音、安抚婴儿，玩拉米纸牌也总能赢。他从不抱怨任何事，在我迄今为止的短暂人生中，我知道他遇过雷击，被棕色隐遁蛛咬过，还失去了共度一生的人，也就是我的妈妈。

20世纪70年代初，我的父母相遇于旧金山。妈妈之前住在海特，有一天，她回家的时间比往常早了一点儿，结果看到丈夫跟另一个男人一起在客厅，身上只穿着内裤。于是她结束了第一段婚姻，那时正慢慢尝试从那段糟糕的婚姻中走出来。

“神奇的是，那段婚姻差点儿没结束。”妈妈曾跟我说过，“我差点儿说：‘哦，没关系。’可想而知，那时我有多天真。他那样做，反倒推了我一把，于是我就跟他离了婚。”

18岁时，妈妈就从偏远的巴拿马运河区搬到旧金山住了。外公是一个暴躁易怒、专横霸道的船长，外婆则是一个极度抑郁的护士，她在旧金山长大。妈妈在旧金山开始了自己叛逆的生活，结识了几个密友，找到了一份医学录写员的好工作。当时爸爸在弗雷德·阿斯泰尔舞蹈工作室工作，为了赚取20美元的奖金，他找到自己的房地产中介和中介的室友——我的妈妈，让她们来工作室上课。

两人迅速坠入爱河，但也屡遭波折。爸爸傻乎乎的，很善良也很年轻，他反对战争，反抗自己专横的美国北方家庭；妈妈稍微成熟一点儿，但是她常常不知道自己在这个世界上应该扮演什么样的角色，所以长期以来备受折磨。

“跟他共度一夜后，黎明时，我听到汽车的喇叭声。”她常常回忆道，“他从床上跳起，往纸袋里塞了两套内衣和一支牙刷，然后告诉我他要去科罗拉多漂流，一周后回来。当时我真应该马上起床离开。”

但她没有那样做。他们在市政厅结了婚，婚后过得很开心，不过后来也因为“过好你的人生”的意义发生过争执。1977年，我出生了。1982年，爸爸成了建筑工人，妈妈还做着录写员的工作。关于如何“过好你的人生”，他们逐渐达成了脆弱的共识。后来有一天，我们开着家里的大众“兔子”，后面拉着一辆小拖车，向东开往康科德。爸爸在离家15年后，重归家庭的怀抱。祖父母给了我们一间小房子，我们开始建立自己的家。

爸爸的父母——我的祖父母——是爱默生的后代。拉尔夫·瓦尔多·爱默生是我的高曾祖父。说到水壶莫莉的传奇事迹，活在祖先的阴影里并不容易。比如，我跟这个大家族中的很多成员一样，仍在爱默生投下的阴影里找寻边界：他将我拉近，又一把将我推开。尤其是他的《自力更生》，这篇散文给了美国人源源不绝的自信："相信你自己：每颗心都和着那根弦跳动。"闭上一只眼睛，那篇经典之作是一本天才手册，是诡异的个人主义的战斗口号；再闭上另一只眼睛，那篇散文是对自恋的放纵，也是抚育子女的噩梦："我只在乎我必须做的事，并不在乎别人怎么想。""别人"——弗雷迪生我们的气时会这么称呼我们。"本尼，'别人'说我们今晚不能再看电视了。"他们也是爱默生的后代，完全是另一种盲点。

总之，爱默生尾随着我而来——又是一轮化疗。我再次在森林里疾走。我反复对自己说，只是一个小点儿。巨大的眼球碾轧过小径，好像重复这几个字能让我与这个不断旋转的星球联结得更为紧密。不过，我还想起了这位伟人的另一篇散文，是我最喜欢的《圆》："宇宙流动不息，瞬息万变。"我一直反复品读，"'永久'只不过是个表示程度的词。"

我试着秉持这两种观点，像握在手中的两块小磁铁：他的和我的——"宇宙流动不息，瞬息万变"和"只是一个小点儿"。两种观点你推我搡，"只是一个小点儿"需要你不断付出精力将其置于可控范围内，"宇宙流动不息，瞬息万变"非常吓人，不过考虑到总有些事物是我们无法控制的，所以说得也有道理。现在这两种想法互相纠缠，终成一体。

33年前是爱默生去世100周年，5岁的我和表亲们作为他的来孙，各自捧着一个大大的花圈，站在他位于山坡上的墓地旁。记者拍下了我们的照片。我记得大花圈有多重，记得我那天不肯穿紧身衣，也记得马萨诸塞州春日刺骨的冷风吹着我光裸的双腿。

“眼睛是第一个圆，眼睛所见的地平线则构成了第二个圆。”爱默生在文章开头写道。圆，就像细胞，像星球，像家庭，像清晨醒来睁开双眼时跳动在睫毛上的光点。他写道：

> 我们的人生以真理为师，每绕过一个圆，就又画下了一个圆；其实人生本没有尽头，每个尽头都是另一个开端；正午过后，总会迎来下一个黎明，每一个深渊深处，还有另一个深渊。
>
> 这就是那个小点儿。这就是最硬的坚果。这就是火枪穿过的弹孔。这就是你怀中的孩子所在的世界的模样。这就是茂密森林中的深潭。这就是你眼中的太阳。

忌日那天，我的母亲紧蹙眉头对我说：“你应该穿紧身衣的。”祭奠仪式结束后，我跟堂表亲们在墓地里追逐玩乐。“到这儿来。”有人轻声说，是我的表姐妹邦妮，她也5岁。她为大家找到了一处藏匿地点，我们全都躲在墓碑后。“如果有人找到我们，我们就大声笑。”她这样说道，这是我听过的最好的主意。

15

秀发不再有

头发脱落后，我的头上出现了一块一块的裸皮，真是丑得一塌糊涂。

“受不了，对不对？”蒂塔说道，“我想得给你剪个像希妮德·奥康娜那样牛气冲天的发型。”

我坐在以往给儿子们剪头发的前廊上，约翰用他的电动剃须刀正式给我剃发：“下巴使劲儿抬高，别深呼吸，别动。”

“没问题，”我说，“我有好多年没有深呼吸过了。”

16

空荡荡的大海

化疗的时候，护士总是找不到我的血管。这是化疗本身带来的副作用，无论它碰到什么，都会产生一种油炸的效果。卡西诺医生反对我植入人工血管，说："在这个节骨眼上，我不希望有任何不必要的东西来干扰你的免疫系统。"

"给你打针找血管，就好像在无边无垠、空荡荡的大海上钓鱼一样。"有一名护士这样说。她用高科技的静脉显像仪在我手臂上检测，而我则望着窗外出神，"身在其中，真的感觉特别落寞，很抱歉，我什么都找不到。"

治疗区外面就是屋顶露台，上面摆了几张野餐桌、躺椅，还有种满了花的大花盆。有一家人正在一包又一包地拆福乐鸡快餐。

"等你找好血管，我能去那儿坐着输液吗？"我问护士，"晒着太阳应该会舒服点儿。"

癌症中心总是特别冷。医护人员会提供温暖的毯子，我一开始还觉得用不着，很快就从善如流了。待在这个地方，毯子大概是最美好的事物了吧。

“不可以，”她说，“很抱歉。我们不允许病人去那里，只有家属可以去。是不是特别荒谬？”

野餐的那家人中，有个孩子正一块一块地往下掰松饼薯条，然后扔到横杆外。妈妈把孩子抱在腿上，不过她也没留心孩子在干什么。她正在急切地打电话，不时回头看一眼我们这些治疗区的病人。桌子对面是位祖母模样的老太太，每次那个孩子往横杆外扔薯条，她就随着一起微笑鼓掌。化疗时，我就失去了自己的中心，就像处在无边无垠、空荡荡的大海上。

17

可我需要那些药

“化疗时，他们会对你做什么？”儿子上学之前，我们在床上依偎在一起时，本尼问道。每天早上约翰淋浴时，儿子们都会跑出卧室爬上我的床，跟我用力地抱一会儿。弗雷迪让我用手指在他的背上画画，然后他来辨认我画的是什么。本尼每天早上都会模仿一只小动物，我必须猜出来是什么动物。

今天早上，他一直皱着鼻子嗅来嗅去，扭着屁股吠叫。“是一只小耳廓狐。”我说。“猜对了，妈妈！”他叫道。

不要过于兴奋，因为我有内线消息。过去6天，他每天都扮演小耳廓狐。

“嗯，他们就让我坐在椅子上，然后给我输液。”我一边跟他们说，一边用手指在弗雷迪的背上描绘，“也不算太糟糕。”

儿子们都不喜欢我做化疗的日子，因为在他们离家上学之前，我还跟正常人一样，可以给他们做华夫饼，为他们做很多事，但他们放学回家后，我就面色苍白、脾气暴躁，只想一个人待着。

“要是我的话，就会逃跑。”弗雷迪说，“我会让本尼去拉下火警，然后趁没人注意跑出门。”

“可我需要那些药。”我说道，“就像你住院时，我们希望那些药能治疗你的糖尿病。”

“天哪！我老是忘记这个。”弗雷迪说。我在他的背上画了一个热气球。“是一颗心吗？那不是个心形符号，而是一颗真正的人类心脏，里面有血管伸出来？”

“不是心脏，不过我更喜欢你的这个答案。”我说道，接着用指腹在他光滑的皮肤画板上“擦掉”图案。

18

生前预嘱

在这个更为多疑的国家，蒙田会怎么看待签订遗嘱、生前预嘱或医疗委托授权书，还有公证人、泰然自若的图章、煮好的咖啡的味道，以及众多的文件和无数份的复印件，还有董事会会议室桌子上凌乱而崭新的黑色圆珠笔？

约翰和我搭电梯到大厦的19层，他曾在这家私人律所工作过一段时间。我穿的是背心裙，不过我突然间觉得很冷，想披上毛衫御寒。我们的朋友亚当在这家律所工作，他擅长处理财产问题，经手的财产比我们的多好多个零，现在他正站在门口等候着我们。

亚当和他妻子梅丽莎跟我们是密友，我们觉得他们很适合做我们孩子的监护人。两家的孩子也都是彼此的好友。我与亚当、梅丽莎一起读了研究生，后来约翰跟亚当一起从法学院顺利毕业，两家共4个儿子，都是同一时间出生的。我们住得也很近，经常一起去度假。星期六晚上，要么在我们家做饭，要么在他们家做饭，我们抱着彼此的孩子，喂他们吃饭、教导他们，视若己出。

亚当见到我们时说："嘿，很遗憾你们得来这里。"

“如果大家都足够幸运又有头脑的话，最终都会光顾这里的。”约翰说道。

亚当的助理正在打印文件，一摞又一摞，她打印完时，我们正坐在办公椅里转来转去。“您要喝健怡可乐或其他东西吗？”她问。不过我们什么都不需要。

“真的会有人在遗嘱里立一些特别疯狂的事吗？”趁他们整理文件的空当儿我问亚当，“好比把财产留给宠物犬、咖啡店的女服务生或者埋在荒岛上之类的？”

“是的。”他回答，没再多说一个字。对于这座城市里的惊天秘密，亚当无所不知，但就算别人以他的性命相威胁，他也是一个字都不肯说，就算喝得酩酊大醉也是如此。

亚当和梅丽莎都学过写诗，不过我怀疑以亚当的天性他是否适合当小说家。

“对于工作中遇到的那些闹剧，我也不是很喜欢。”有一次他在聚会上告诉我，“其中的恩怨、私生子、被一脚踢开的前妻，还有突然之间跳出来要继承百万美元遗产的20岁年轻人……我都会自动屏蔽。”

“你疯了吗？”我说，“如果我遇到，一定会一字不落地记下来，然后当作我跟梅丽莎一整晚的谈资。最后我会利用这些秘密，写出很多很多有趣生动的畅销书，赚很多很多钱。”

“对，我觉得你如果做律师，肯定很快就会失业。”他说道。

仔细浏览完文件后，亚当在我们签字之前带着我们过了一遍那些棘手的问题，这是世界上最黑暗的定量推理测验。“在你们的优先选项旁边打钩。”他说道。

“我愿意接受人工水分和人工营养。我仅接受人工水分，拒绝人工营养（比如，通过置管）。我仅接受人工营养，拒绝人工水分（比如，通过置管）。我拒绝接受人工水分和人工营养。”

接下来是：“如果你倾向于‘必须’，在这里签名；如果你想选‘可以’，就在这里签名。”他很平静地说，就好像在问你是想喝葡萄酒还是啤酒。

“在我丧失行为能力的情况下，我的医护人员可以保留或撤销维生措施，或必须保留或撤销维生措施。”

我看了看约翰，耸了耸肩，在“必须”旁边签了名。可以或者必须。稍后，我可以去树林里闲逛一番。我必须晚一点儿喝下午茶。

不过当然“不”，这些地方的含义完全不一样。

“我们的通用语言用在别处就很浅显易懂，为什么放在合同和遗嘱里面却这么晦涩，令人不知所云呢？”蒙田如是问。

我有点儿明白了。如果蒙田思考过这个问题——网球斜穿过凉爽的清晨，我们左顾右盼想避免这样或那样的苦难——我相信他一定跟我一样有一点儿明白了。就像现在这间一尘不染的会议室，一摞一摞的文件，煮好的咖啡，翘首以待的公证人和见证人，还有系着领带的亚当。

“我，妮娜·埃伦·里格斯，立遗嘱人，在此文件上签字，并如实发誓，特此向以下签名机构声明：本人签署并执行此份文件作为本人的临终遗嘱，为自愿签署，对于本文件中所述的目的，本人自愿执行；本人已满18岁，精神健全，未受强制或不正当影响干扰。”

8小时后，她用朴实无华的语气说道：“厨房的灯关了，孩子们都睡了。”她在床前脱掉所有衣服，摸索着扣子系好睡衣，揉搓着乳房上部内侧凸起的肿块，看着镜子中的自己。“我消失了。”她说，“我曾在这里，就在这里，看着这里的墨迹——这个弯曲的‘N’，现在我消失了，留给你这些东西：我的丈夫约翰·A. 杜伯斯坦，曾经因为你，我活了下来。”

19

身处黑暗中

在一个温暖的夜晚，我们在露台上举办了一场晚宴。烛光闪烁，清理干净的桌子上又端上了一瓶好酒，一群孩子在后院里玩飞镖。

后来，我们才将那晚发生的事拼凑起来——碗碟洗净并烘干很久之后，约翰正在用力帮我脱下衬衣，这时弗雷迪来到我们的卧室门口，说自己的床上发生了“史酷比”事件，接着，我看到一只蝙蝠从儿子的卧室里猛冲出来，飞入楼梯井。我们一定是忘记关上纱门了。

我觉得这只蝙蝠一定是疯了才会闯进屋里，因为外面现在正是蚊虫最多的时候。蝙蝠沿着墙壁嵌线蠕动，顺着窗帘褶皱往楼上飞。

接着是一场没头没脑的追逐赛，最终我们将它逼到了杂物房。可就在我们手忙脚乱追着它跑时，它消失了，就那样“长生不朽”了。它有可能藏在深橱柜里，或者哪一堆毛巾里，或者哪一个工具包里。

我和约翰在院子里轮流站了好几个小时的岗，外面的天色也越来越黑，最终漆黑一片。我手中握着耙子壮胆，盯着灯光明亮的杂物房，以备什么棕色的斑点或其他东西飞起来，随时准备确定其位置、方式以及存在的些许痕迹。

漆黑一片又喧闹的草坪上有一群躁动的观众——蟋蟀、蝉，还有它们永无止息的鸣叫声。夜晚就是昆虫的天堂。环视四周，其他蝙蝠正要离开它们在树上或烟囱上栖息的地方。它们发出超声波，引导大家飞行。那是一种中性而空洞的声音，竟然一点儿都不像哺乳动物发出的声音，倒是像思考的声音，像在请求你不要毁掉这夜晚的许多场景：

比蛇的沙沙声慢一点儿的声音，骑着自行车沿着海岸线向山下驶去，隐形的孩子拉着根棍子沿着篱笆走，本尼还是婴儿的时候夜里总是不睡，我为他编了首摇篮曲——

旗子说“嗖嗖嗖”
吊扇噼啪噼啪
电灯滋滋啦啦、滋滋啦啦
滋滋啦啦、滋滋啦啦，然后熄灭了

这是一首我从未温柔哼唱过的歌，但这首歌中带着我的信念。

20

更多的类固醇

我为杂物房贴了壁纸，并且重新整理了一下工具和小钉板，然后在后院铺了个豆砾天井，还在爸爸为我们修的新露台旁边搭了个火坑。我在后院种了药草、一年生植物、胡椒和南瓜，新栽了三株绣球花，还有一棵栀子花和日本枫树。院子里搭着一个棚架，上面爬着一株铁线莲，旁边是柳树，投下了一小片树荫，还有我种的几盆天竺葵。我组装了一张摇椅，还放了十五包堆肥。后来，我不再种花种树，这是为了避免跟花卉商店的收银员打交道。“再次欢迎，妮娜。”我一踏进店门，他就这样跟我说。他从我的借记卡上知道了我的名字，而我则从他的胸牌上看到了他的名字。“你好，克拉克。”我也跟他打招呼，不过没有跟他进行任何眼神交流。

每天约翰下班回家，我都会拽着他去院子里，满心期待地冲他微笑。

“拜托，你歇一歇吧，”他说，“确实很美，不过你得慢慢来。”

“那你也得让我有时间慢慢来。”说完，我瞬间泪如雨下。

“迄今为止，你真的在摇椅上坐过吗？”他抱住我，问道。

那一夜，我熬夜读着蒙田的随笔，还有很多从品趣志上找到的园艺文章。我还熬夜读了一本有关癌症的书——《当呼吸化为空气》，是保罗·卡拉尼什的精彩自传，还有克劳迪娅·爱默生所著的残酷的诗集《亡妻》。我还在读S. A. 阿列克谢耶维奇的《切尔诺贝利的悲鸣》，我对这本书爱不释手，即使读书会的朋友们觉得这本书太阴暗，更愿意读亚当·约翰逊的《孤儿领袖的儿子》（《孤儿领袖的儿子》讲述的是朝鲜寒冷刺骨的生活），我也熬夜读了那本书。

21

读书会

多年以来，妈妈每个月都会在自己家举办读书会，因为她不喜欢出门。读书会成员有她和她的三位密友——琳达、安妮、特蕾莎，还有我和蒂塔。妈妈总是坐在客厅那张宽大的皮椅里，也不怎么吃东西，因为她正在服用一种临床试验的药物，会不时感到恶心。但是她通常都会梳妆打扮好，笑意盈盈的，还会喝一两杯葡萄酒。我们其他人都围坐在组合式沙发上，品尝着熏三文鱼脆饼和沙拉。

“读《孤儿领袖的儿子》总好过读些阴暗的文字，”蒂塔开玩笑说，“电影《辛德勒的名单》不是有实体书吗？或许，我们下次可以试试。”

“得了吧，”妈妈说，“为什么大家都害怕阴暗呢？”她只是在开玩笑。

“或许我们并不是害怕，”我说道，“或许我们只是觉得应该会害怕。”不过看得出来，大家并不怎么同意我的观点。

“我们似乎只有在吐槽那些最糟糕、最肤浅的书时，才会产生最有趣的讨论。”琳达说道。

“确实如此。”安妮说，她的品味跟我很像，“那些美好而使人沉重的书总是能够让我们哑口无言，不过我自己倒是觉得没关系。”

“我也是。”特蕾莎说。她喜欢读大部头的非虚构类历史书籍。

“我不知道。”琳达说，“我想我能接受那些阴暗的事物，我可以快速浏览。不过我无法忍受人们虐待狗狗、马，或任何动物。这就是我的底线。”

“完全同意。”蒂塔说道，我们也纷纷点头。

“是我们很奇怪，还是怎么样？”妈妈说，“被严刑拷打的人、被强暴的青少年、行将就木的母亲……我们竟然可以忍受这些，却对虐待瘦骨嶙峋的狗狗说‘没门儿’！”

最后，我们决定下个月读《工人》，这是一本有关南弗吉尼亚家具工业没落的书。

22

小兽猫

化疗结束后要做扫描的前两晚，我做了一个梦，印象特别深刻。接下来的一天，这个梦境几乎占据了我的现实生活。

我躺在昏暗的超声室里，身上抹了很多做超声波所需要的黏糊糊的东西。我的右侧身子靠在楔形的海绵靠垫上，手臂弯曲放在额头上。医生操作传感器穿过我的胸部，扫过我的腋窝，就像一个小男孩在玩火柴盒汽车。我抬头看向屏幕。屏幕上平常都是奇怪的影子宇宙和鬼魂，据说那是我们内心的写照，而现在我却看到两只老虎正沿着我的胸壁缓缓踱步。

这并不是完全陌生的景象。格林斯伯勒确实有两只老虎，是孟加拉和西伯利亚混种虎，它们体重很惊人，各有400磅。不知道它们是从哪里被救回来的，大概是马戏团老虎的后代吧，现在住在格林斯伯勒科学中心郎代尔路旁边的森林里。

小兽猫，本尼或弗雷迪过去这么称呼它们。

这两只老虎身上有很多精彩而又让人紧张的事，比如，它们超级喜欢盯着婴儿车的车轮，还有摇摇晃晃刚学会走路的小孩儿；公老虎爬到母老虎身上时，它们都会大声咆哮，不过这种情况不常发生。格林斯伯勒郊区的某些地方其实与老虎的栖息地相隔很近，公老虎在阴凉处小憩的时候，母老虎会不时地趴在瞭望石上放哨。在有些地方，你跟老虎之间只隔着一道网，差不多跟小学运动场的棒球挡球网一样。

不过最令人不安的事，当属这两只小兽猫踱步的姿态，是特别标准、执着、紧张不安的跟踪步态。在雷暴雨的晚上，你或许会看到狗狗这么走。在做一系列重要扫描的前一晚，你辗转难眠时，也许也会这么踱步。

科学中心的管理员说，老虎这么踱步是因为它们渴望接触人类。在它们还是幼虎的时候，人类用奶瓶喂养它们，现在它们怀念当初跟人类亲近的时刻，所以才喜欢沿着围墙边界踱步，因为只有那儿才有人。

我不知道，到底为什么会这样。数十年前，诗人乔丽·格雷厄姆还没有被诊断出患乳腺癌，她写了一首关于意大利干热风的诗：

谁是

这世上

那个紧张不安的灵魂

反反复复

纠结于已知之事

也许那两只老虎并没有疯。这样的行径，完全是因为它们无法与人类接触而做出的最合乎常理的反应。或者，对于结果、治疗方案以及未来的其他很多事情，这种反应都很合乎常理。

所以，两只小兽猫沿着我的胸壁踱步。

昨天早上，天色将雨，我跟一个好朋友在繁花似锦的花园和院子里散步，这样做既有助于身体复原，又充满了人性。之后，我回想起那个梦。我的好友在一年的时间里失去了双亲，她的宠物犬也刚刚去世。同时，我觉得不知所措，头脑又很清晰，我心想：“这儿的森林里有老虎，它们有点儿疯癫，可这儿就是我们生活的地方。”

第二期

1

灰暗如痛苦

生平第一次做超声波扫描是我怀孕16周的时候。黑漆漆的超声室里面，约翰就站在我身旁，我们凝视着技术员，随后有一名医生从另一个房间进来，接着又进来了一名医生。技术员反反复复“跋涉”进入我肚子里的海洋，看到我的儿子就在其中生长着，他弯曲的脊背像浮木，心跳声“咕咚、咕咚”。这是我们见过的最神奇的事物了，我们目不转睛地盯着屏幕，盯着在我大海一般的子宫里的他。

医生拍了好多张照片，进行了很多次测量，测量他的脚、腿、大脑、心脏，然后又量了下他的脚。大家都一言不发，最后终于有人打破了沉默：“好吧，我猜到现在为止，你们应该发现有些不对劲了。”

其实我们并没有发觉，可现在有点儿回过神了。以前，我们从没碰到过这样的事。此时，我想起之前带着年迈的宠物犬齐尔希第一次去海边的情形。

它从汽车后座跑出来，径直奔向海滩，在干燥的沙滩上一圈又一圈地狂奔。它嗅着潮落之后留下的痕迹，那一团团的海草、腐烂的蟹壳、鳐鱼卵干瘪后的黑囊……

最后，它循着地上的气味去到潮水边上。海湾里的潮水轻轻拍打着沙滩，咸湿的海水蹭到它湿润润的鼻头时，它一下子愣住了，好像那一刻它才意识到这不是我们家后院的水碗。

我们看着它用前爪踏上这片未知的土地，然后抬起头，警惕地环视周围。大海从四面八方涌来，雄浑壮阔，神秘莫测，像睡着了一样，又像个噩耗。

它向后退了两步，停了下来，开始吠叫。在它眼中，这个世界比从前要陌生，它的双眼闪过一丝灰暗，像是痛苦。不过，下一刻它便瞥到一只低飞而过的海鸥，追着跑过去。

扫描过后，医生告诉我宝宝是“马蹄内翻足”，也就是俗称的畸形足。这个消息听上去像是黑暗中世纪的可怕东西向我们猛冲而来，我默默想起了《贝奥武夫》。医生们说是先天的，在我们听来，像是莎士比亚喜剧中的意大利人听到了希腊文。不过这也是好消息，也就是说宝宝没有某种更为可怕复杂的大病，只有右脚这样而已。

那时就算不是世界末日，也让人感觉到脚下的大陆好像在漂移，一切都变得陌生无比。他能学会走路吗？医生说要做手术、装石膏支架，一出生就要切掉他的阿基里斯腱。从他们的言语中，我们俩只听到是个男孩。可以矫正的，他们一直跟我们这样强调。

回到家后，约翰不让我沉迷于上网，但他愿意给我读他找到的很多天生患有畸形足的人的名单。原来患有畸形足的不仅有不知名的暴君，还有运动员，比如特洛伊・艾克曼、克丽斯蒂・山口、米娅・哈姆，还有2006年为约翰的家乡队匹兹堡海盗队赢得“打击王”荣誉的弗雷迪・桑切斯。我们很快就将超声波扫描出的那种足形以他的名字命名了。他佩戴过石膏、支具，做过矫正手术，8年后，我们看着他跑过一垒、二垒，滑上三垒。

现在，我在化疗后的扫描时，又想起了那个梦。现在的情形像极了我的梦境，昏暗暗、滑腻腻的，于是我跟放射科医生讲了两只老虎的事。

“嗯……两只老虎，哈？”她说道。她敲着键盘，测量、拍照，然后又测量，又拍了很多照片。

“嗯，我真不希望看到这样的结果。”她最终说道，声音里有种悲痛的灰暗。

肿瘤还在那儿，没有变小，甚至比医生预想的要大，它好像整体要往四周扩散。另外，离这个肿瘤几厘米远的地方，又长出了一个肿瘤。因为它的位置比较深，所以以前没发现。这就是第二只老虎。

“我们需要再做些检查。”她说。

大陆漂移了，就是这种感觉。我在候诊室里给约翰发信息，我知道他的世界也要崩塌了。

一切变得更加陌生诡异了。

齐尔希从来没有真正在大海中游过。它是一只小猎犬和柯基犬的混种，腿很短，比海浪还矮，而且头高于背。那天下午晚些时候，有一瞬间，它追着一只海鸥涉入浅滩，看海鸥时都不用低头。

2

神秘莫测的肿瘤

全新的杜克美容中心非常漂亮，位于绿树成荫、配有两个长腿形停车场的医疗公园里，隐匿在神气活现的起伏群山之间，就像完美的B罩杯。负责我的乳腺手术外科医生的办公室就在这里。

美容中心整体非常清新，跟《楚门的世界》里的风格很像。其实，我们比预约时间晚到一会儿反而是件好事，这样在路上就可以多花点儿时间，这里有众多的庭园设计师就有更多的时间种植更多的松树。因为我觉得通往医生办公室小径上的那几棵黄杨肯定是匆忙间种下的。

候诊室很安静，也很舒适，里面还有两位女士在快速翻阅杂志，不过她们都低头不语，也没有医务人员叫她们的名字。她们有点儿可疑，好像雇来的临时演员。

过了一会儿，那位外科医生的护士告诉我，她们要做的是“乳房整形”，也就是俗称的隆胸。她们排在癌症病人之后。

医生走进检查室时说：“你可真是给我们投了个曲线球，小姐。”新长出来的肿瘤是恶性的，外科医生们喜欢将其归咎于病人。

“现在我们要放弃乳房肿瘤切除术，直接做乳房切除术。你自己决定要不要将两个乳房一同切除。”

蒙田引用柏拉图的看法，他认为医生最好能够亲自感受一下他们尝试要治疗的病症：“如果医生想知道如何治疗水痘，他们最好先得水痘。”这听起来可能有点儿暴躁，不过考虑到他曾饱受肾结石的折磨，我想大家应该能理解。

我问医生，如果换作他的妻子坐在这里，他是否会建议妻子做双乳房切除手术。这是个理所当然我要问的问题。不过他委婉地拒绝回答了。

“我们每个人都不一样。”他告诉我们，我的肿瘤像是一个哑铃的形状，两头各有一个砝码。两个肿瘤之间有个看似4厘米长的条状组织，疑似癌细胞，不过没有十分的把握。他把这个新肿瘤称作“神秘莫测的肿瘤”，它隐藏在以前的扫描成像内。

这个美容中心的医生看来尤其入戏。

“当然，我完全没想到中途会出现这种波折。”他严肃地说，不过言语间带着一丝兴奋。

我不禁想起负责化疗的护士跟我说起的一位外科医生。那是20世纪70年代和80年代早期，她当时在放射肿瘤科工作，得以阅览所有的病历。一位医生建议他的所有病人都做彻底的乳房切除术，不仅切除所有乳房组织，还要切除乳房下面的大面积胸肌，这对人体的摧毁性非常大。

虽然彻底的乳房切除术在那个年代是常规做法，不过在20世纪70年代中叶，由于人们对癌细胞扩散的理解越发深刻，这种创伤性颇大的治疗方式并不得人心。但是这位外科医生一直以来都建议病人做彻底的乳房切除术，直到有一天，自己的妻子也得了乳腺癌。

“但她没有做这种手术。”负责化疗的护士说，“他的妻子是他执刀做的第一台简单乳房切除术。”

当我和约翰走出美容中心大楼时，停车场还是空空荡荡的。树影斑驳地映在大楼上，模糊了另一个机构的名字。从车道匆匆驶入崭新的死巷子时，我觉得约翰踩在踏板上的双脚很沉重。我们是在逃离某种前所未见的暗黑艺术，还是与之串通一气，我们都不是十分确定。

3

黑暗的使者

现在已过午夜，我们也都已躺在床上。“我迫不及待想让一切都回归正常。”约翰说出他的想法。

我不知道该说什么。虽然历经这么多波折，但我觉得我们是在往前走，因为应对这些苦难的过程才是意义所在，我之前并没有发觉自己是如此笃信这一点。突然间，我的喉头一阵刺痛，这么久以来的踏实感在身下一点点崩塌。

“听你这样说，我有点儿无可奈何。”一阵沉默过后我开口道，虽然我知道他并不是想吵架，“你那样想，其实就是在否定我现在的整个生活。我不得不热爱这些难过的日子，就像热爱其他正常的日子一样。从现在起，大概没什么‘正常’生活可言了。”

他不开心了，我感觉我们之间垒起了一堵冰冷的隐形墙。我翻了个身面向窗户，橙色的浓雾氤氲在树木枝叶间，今天并不如以往那么暗。

“我不相信你会这么想，”他说，“你在撒谎。”他的这种语气，我以前听过。当时我跟他说他是个差劲的父亲，或者，是因为我大概无论如何都不会喜欢看曲棍球赛，他就是这种因为受到伤害而被激怒的语气。他说：“如果你觉得最近这些日子值得热爱，我真的认为你一定是疯了才这样反驳我。”

“这些日子也是日子啊，”我平静但又怒不可遏地说，“问题只在于我们如何应对。晚安。”

大约凌晨4点时，我感觉到他的手覆在我的后背。“我是那么害怕，害怕到无法呼吸。”他喃喃自语。

“我知道。”我说着往他身边靠了靠，不过仍然背对着他，“我也很害怕。”

我学着怀疑自己踏出的每一步，并用心控制步伐。

——蒙田

他还认为，进餐前要大声吵嚷，只能在睡前“制造宝宝”。看来，我们全都做错了。

4

要说“请”

儿子们觉得我太执着于“请”这个字了。

“这个字为什么那么重要？”他们抱怨道，“有什么大不了的？”一天晚上，我给他们列了个清单。他们在二三十年内都不会明白这个字的意义，不过我还是试着写了下来：

因为你们会发现，水果会成熟坠落，不过很少会直接掉到你的嘴边。

因为浴室水龙头卡住了，“请”能让父母强壮的双手少一些疲惫。

因为在夏日夜晚，充满希望的天空如床单一般覆盖着树木，风暴中心生成龙卷风，从遥远的南方向我们袭来，后院的那株柳树像个怪兽，我们每晚都躺在树下乘凉。

因为我们从未教你们如何祈祷。

因为夜里你们会口渴。

因为总有一天，早就过了睡觉时间，黑暗中，从墙壁的另一侧传来你们的咯咯笑声。

因为此刻，透过敞开的窗户，我能听到隔壁的新婚夫妇在夜灯下铺砌后院的露台。他们跪在院子里，一起商量该如何铺排石板。他们手中传递的石板很重，还奇形怪状，每一块都必须放平，他们轻拍、哄骗、抚摩那些难搞的石头，然后才上楼去睡觉。

因为“请”这个字的尾音是最甜美的声音，像夏日冲凉后升腾而起的水汽，像婴儿在床上的咿呀低语。

因为你是一个人，天生需要索取更多。

因为“想要”“需要”这些如绝境一般的字眼，如果不加修饰，就太危险了。

5

意大利母女之旅

在卡西诺医生的催促下，我选择了单侧乳房切除术，她说这样会将手术并发症的概率减半。对分、分开、拆分、切割，这些是我们学习到的新词汇，还有细胞、统计资料、外科手术、家务、焦虑。不过，为了减少这个、减少那个，不知怎的，我们往往会制造更多麻烦。

对于单侧乳房切除术造成的胸部不对称，我正竭力适应，不过感觉反而更明显，不是这边就是那边。我一直在想象维苏威火山在地平线上即将喷发的景象。

大学时，我到意大利的佛罗伦萨留学。当时我住的公寓每天傍晚都笼罩在杜莫主教堂的影子里，每天早上则因为圣洛伦索教堂的钟声而颤抖。我学着画裸体画，试着去欣赏《圣母怜子图》和壁画。我登上去厄尔巴的渡轮，搭上只有站票的火车去威尼斯、罗马，还有其他地方，只带着一部随身听，背着一个小皮背包。我搭便车去托斯卡纳乡村，跟素未谋面的男孩在佛罗伦萨幽暗的街道上东倒西歪地走着，从领主广场安静角落里凑成一团的北非毒贩那里买大麻。19岁的我大概已经食遍人间烟火了。对了，我还是基安蒂葡萄酒和布鲁奈罗红酒专家。

后来，我在意大利生活了近两个月后，妈妈过来看我了。

我们从见面的第二天就开始发生争吵。她嫌我的公寓脏乱到令人发指，我的皮肤油腻不堪，她还嫌弃我穿的衣服，说我看上去很让人烦心。我在公共场合看地图找路她也会说我。

我们俩之间有这么多争执，彼此都不胜其烦。几个星期以来，我一直在倒数距她回去还剩几天。之前我是那么想念她，想到夜里辗转难眠，每个星期最高兴的事，莫过于周日给家里打电话。我在脏乱失修的公寓大厅里唯一的一部付费电话上用国际电话卡拨通电话，纵情享受那短短的几分钟，在看着通话时间一点点归零时，又气得咬牙切齿。

我一直以意大利之星自诩，听到她这么评价我，我不禁目瞪口呆。不过，她这么做也是为了证明一件事，我们俩很久之后才明白：她拼命地想继续做我的妈妈，而我则拼命向她证明自己不需要她。

我们相互争论又互相攻击，在乌菲齐美术馆里吵，在大卫雕像前吵，在西班牙台阶上吵，在圣依纳爵堂巴洛克风格的壁画前吵，在建在奥尔维耶托洞穴里的一家餐厅内吵，在维瓦尔第音乐会上吵……

25岁左右时，我试着将这段经历写成了一首诗：

> 我们俩在庞贝古老而崎岖的街道上争吵不休
> 维苏威火山就潜伏在我们身后

这是一首不太工整又颇为奇怪的小诗，我总是感觉无法写好。不过多年以后，妈妈说她希望我能在她的葬礼上念这首诗。

看吧，她行将就木了。

这样写有点儿奇怪，好像我在背后说她坏话似的。不过这是事实，她自己最清楚不过了。

妈妈已经熬了8年。确诊时，医生告诉妈妈只剩下5年的时间了。不过经常有新药上市，有些对她确实有效，但也只维持了一段时间。她做过干细胞移植、做过化疗，得以看到我弟弟结婚，看着我的儿子长大。无数次的住院治疗，没完没了的类固醇疗程、输血、输血小板，5次骨髓活检，每天让她衰弱无力的恶心腹泻，还有3次没有成功的临床试验。她一直记录着自己的状态，一般连续5天感觉不舒服，后面两天基本就会恢复正常。

我们一起读阿图·葛文德的《最好的告别》，里面对临终关怀的清晰见解一下子震撼到了我，就像夏日的暴风雨一般。我把这本书推荐给了身边的所有人。葛文德花了很长的篇幅讨论如果经过漫长的治疗，癌症仍然没有让步的迹象，如何决定是否结束癌症治疗。这本书里的很多故事都令人不忍卒读，包括他的父亲死于脊髓肿瘤。不过通过这些艰辛的探索，他想要传达的信息无疑也十分美妙：如何从各自的人生中提取出最重要的部分，让它带着我们更有意义、更心满意足地走向生命的终结。

妈妈跟其他人不一样，书中的观点并未让她惊讶。“这就是我一直在强调的。”她说，“你只是还没有准备好，听不进去。”

葛文德在书中讲到一点，即一个人该怎样找到使自己的生命有意义的东西，以在生命接近终点时做出最明智的选择。在这本书里，有个男人说，如果可以吃巧克力冰激凌，可以在电视上看足球赛，那么他就想活下去，甚至愿意为此忍受剧痛。还有人说，只要不必忍受疼痛，就乐于活下去。还有一个人说，只要能参加某位家庭成员的婚礼，让他干什么都可以。

我跟妈妈坐在家里的沙发上，打算聊开这件事。她说对自己来说，只要意识清醒，就想继续活下去：可以跟别人聊天，可以感受到与亲友的联系。在她的骨髓瘤蔓延至全身时，我们就凭借观察她的意识是否清醒，决定要不要继续给她输血、补充电解质。

她获邀参加华盛顿特区铁人三项赛之前举行的晚宴，为“白血病及淋巴癌协会”发表演讲。宴会厅里都是病恹恹的运动员，她说道：“有时候，最重要的事情是知道该何时放弃，有时候勇敢意味着知道适可而止。”次年，他们并没有再邀请她，大概他们也知道她可能再也回不去了。

妈妈的近况：她参加的临床试验一点儿效果都没有，验血结果显示预期跟实际简直是南辕北辙。这一个星期，她真的说了“适可而止”这句话，她不想再进行任何治疗了。

我的妈妈，她是我的地图，我的西斯廷教堂，我的《孤独星球》，我美丽的废墟，我的火山。

下个星期，在我做乳房切除术的同一天，她要见自己的肿瘤医生——加斯帕雷托医生，这又是一位不同凡响的医生。她接近六英尺高，黑发如海啸一般，穿着细跟鞋，操一口意大利英语。她能把普普通通的骨髓瘤药“沙利度胺”说成“塔-里迪奥-迈-达”，这个药名从她嘴里说出来，就算是最毒的化疗也变成了令人伤心欲绝的咏叹调。妈妈来这里是为了听医生讲述多发性骨髓瘤会如何一点点夺去她的生命。但不管这位医生说什么，听起来都像一首歌。

我则在她的楼上做手术，相距五层楼，麻醉过后我神游在无梦的梦境里。我一直在想自己在佛罗伦萨读书时的绘画老师，那时我在月桂小径的一间工作室里上水彩课，那里不限时，屋顶是玻璃的。

“你必须答应我，只在水彩画上遵循这条建议，而不必将其适用于人生其他方面。好吧，也许烹饪也适用。”她告诉我们，“慢慢加深颜色。先用大量的水，画下一道水彩，然后走远一点儿，让颜料在纸上流动、滴下，再变干。然后再回到画旁，稍微加深一下色彩，如此反复，直到满意为止。不管做什么，都不要着急。在你走开几步时，就会发生最精彩的事。”

外科手术和麻醉，都算是“走开了几步”吧。暂时停止治疗，绝对是一种“走开”。不过，放弃治疗就全然不同了。她从未真正告诉我们，如何确定自己是否已画好。

当然，她仅仅要求我们在画水彩画时遵循这条建议，教室里都是不到20岁的美国女孩。

试想一下，庞贝和癌症其实有很多相似之处。虽然在癌症这条道路上，我跟妈妈为这事吵得并不多。不过，无论是庞贝还是癌症，都鬼影幢幢，令人惊奇，总会在你的人生走到中途时，实实在在地提醒你，长面包还没从烤箱里拿出来，画作还未完成，维苏威火山还盘踞在城市上方，蠢蠢欲动。

我那首写得不太成功的诗的最后几句是：

你为了保持平衡，向我伸出手

虽然我们不说什么话

一分钟后，我不得不做同样的事

6

朝圣者

在凉爽的春日里，我会冒雨出门，往林荫小路和公园走去。

几天前的早上，蒂塔跟我走在同一条路上。附近生机勃勃，百花吐艳，阳光明媚，香气扑鼻，而我的血液里却流淌着类固醇。一路上，我们喋喋不休地聊着第二意见、给孩子提供咨询疏导、冥想是否可行、切除单侧乳房还是两侧都切除、女性形体的缺陷、镜子的恐怖、要不要进行术后乳房重建……

我累得上气不接下气，但有这个好友跟我聊天，帮我厘清思绪，我觉得很充实，也很感激。

今天，我是一个人走，一切都变了。草丛中有一只棕色的兔子，它一动不动，像院子里的装饰物。我还发现，刻着“托马斯”名字的混凝土路面的纹路里积满了泥浆。还有一丛紫色百合，长得比孩子们还要高。雨后，天桥下的小溪里水流很急，在宽阔的拐弯处汇成了激流，跟之前的样子完全不同。

爱默生在《论自然》里说：“俯瞰河流冥想一小时，谁都会经此提醒意识到，万物如流水不息。”在孤独和暴风雨中，一切都变了。

父母没有去教堂的传统，我自然也没有。但正如我的祖父所言，大自然就是教堂。我从小就去树林里玩，“‘自然’一直彰显着灵性，暗示着一种绝对性，一种永恒的效应。它像一片巨大的阴影，一直指向我们身后的太阳……如果人能以自然为师，能学会如何崇拜自然，那他就是最幸福的人”。

它教孩子走进森林里，与森林诚恳交流，然后代代相传。

“其实我很讨厌大自然。”大概9岁的时候，我在奥杜邦野营了一周，那里到处都是虫子，我不禁如此跟妈妈吐露心声。其实比起接触大自然，我更喜欢惬意地手捧书本，或跟毛绒玩具演出《小妇人》里面的场景。

“哈哈哈，”她大笑，“可别让你爸爸那边的亲戚听到你这么说，他们会把你驱逐出家族。”

其实，爱默生自己可能并不介意。他的儿子曾写道，爱默生“对于此事的态度是，每个人的最佳教堂在哪里仅仅是一个问题，它可以在空无一人的森林里、房间里，可以在跟挚友交谈的过程中，也可以在听牧师讲道时”。

坦白说，在我成长的过程中，我并不是特别喜欢爱默生。他的肖像画看起来有点儿霸道，有点儿严厉。我一点儿也看不懂他写的散文或诗，虽然老师们在发现我是爱默生的后代之后，总是觉得我读得懂。我是一位有抱负的作家，在得知爱默生会详细记录自己的想法和读过的书后，我也照着做了，还熟记了很多他的诗作。不过我并不是真的仰慕他，相比之下，我更想知道《俏奶妈俱乐部》剧集接下来的进展，更想知道怎么用卷发棒做刘海造型。

然而，当我在北卡罗来纳大学就读时，我的心态发生了转变。我又来到户外，沿着教堂山周围林木遮蔽的幽径四处走，还选修了一门

19世纪美国文学的课程，类似小型研讨会。当然，我没有跟大家提我是爱默生的后代，但我发现他的日志里有一种美妙、私密又凌乱的诚实，这让我爱上了他的文字。

今天早上散步时，小溪里的水几乎快满溢出来，暴雨让所有的生灵都充满生机，我想起自己最喜欢的另一位作家安妮·迪拉德。她在《听客溪的朝圣》一书中提到“观看”一词，她写道：“一切仅在于一直睁大双眼。”迪拉德也带着那只爱默生式的巨眼进入自然，她虔诚而狂热，近乎宗教般的神圣。她一次次地提醒我们要清除眼中的期待，试着不去理解，仅仅观看。

“朝圣者”是一个美妙的词，我喜欢前后两个音节里押着淡淡的i韵（pilgrim前后两个都有i音），后一个音节又出其不意地严肃（grim，意为“冷酷、残忍的”）。这个词来源于拉丁文“外来的”（peregrinus），意同“游隼”（falcon peregrine），这种猛禽是动物王国中最敏捷的动物，糅合了冒险、力量和目标，还带有一点点异域色彩。

我在马萨诸塞州长大，朝圣者意味着歌唱表演、图画纸棒球帽和白领带。而且，我还要去普利茅斯庄园进行校外参观学习，跟大家挤在老船上，在回程的大巴上吃一堆咸味太妃糖。

后来在大学里，我读到《天路历程》中那一段孤注一掷又备受折磨的旅程，由此我想到了带着神圣目的去健走。那是一种寻求之旅。在我二十几岁时，每一次公路旅行都有正当的理由，只要想开始一段旅程，你总有时间和空间。爱默生将家中的客房称作“朝圣者卧室”，那间房曾住过极为著名的朝圣者，比如，玛格丽特·富勒、梭罗。

“数千年后，我们仍不熟悉黑暗，仍然像敌营里战战兢兢的异乡人，双臂交叉抱于胸前。”迪拉德在阐述“观看”时如此写道。她看着黄昏渐渐笼罩听客溪，夜幕在她面前织成了一张“盲目的面具”。

每当说起疾病、临终、死亡这些黑暗的事物时，我们似乎还跟普利茅斯清教徒一样，充满了恐惧和焦灼，在内心构筑防御工事，强烈感觉自己置身于满怀敌意的土地上，像是个外来者。我们甚至都不去想自己该做些什么。我们双手环抱于胸前，在挨饿绝望时，尽力去看光明的一面。

我想乳房中的肿瘤没有变小，反而是越长越大了，它们开始有痛感，往外突出，至少我是这样想象的。还有一个月，我已经迫不及待地想将它们从身上剥离出去。

关于清教徒朝圣者的命运，我读到最好的观点是：除了上帝，他们还十分热爱葡萄酒和干净的衣服。我最喜欢的朝圣者是诗人安妮·布拉兹特里特。她离开故乡与家人，在船舱内颠簸了3个月，一路晕船，抵达美国。她得过天花、肺结核，甚至还瘫痪过。10年的时间里，她生了8个孩子，他们全都活了下来。她还是“新大陆”第一位发表诗集的女性（时年38岁），尽管她在族群中的定位是一个整天围着家庭转的女人。她的诗的名字都取得十分精彩而且深刻，比如《夜晚，当人们都已熟睡》《吾家燃烧诗篇，1666年7月10日》，还有《写给出差在外的丈夫的一封信》。

1830年6月14日，她和丈夫跟随约翰·温斯罗普总督及一众清教徒乘坐“阿贝拉”号，横跨大西洋。据说这艘船装载的酒接近1万加仑，是所载淡水的3倍。当已经厌倦大海的人们踏上马萨诸塞州塞勒姆的土地时，酒已经被喝光了。

在离开英格兰之前，他们停泊在岸边的船等待天气条件适合时起航穿越大洋。这时，一小撮人涉险划船返回雅茅斯，他们希望在动身前往未知的茫茫大海之前，再搓洗一遍亚麻方巾。我特别喜欢这个故事，里面有一种人类处世之美。

干净的衣裳，还有酒。

今晚，约翰约了朋友在酒吧见面。这也是非常时刻的啤酒，他很需要，就像我亟须做乳房切除术一样。我能感觉到“阿贝拉”号正穿过黑夜，转而朝我家的厨房窗户驶来。厨房里有成摞的碗碟等我去烘干，孩子们还没上床睡觉，不过安妮·布拉兹特里特进来了。在这间厨房里，我们俩都背井离乡，感觉不到脚下的大地。我们站在餐桌前整理洗干净的衣服。“这些毛巾真柔软温暖。”她一边惊叹一边啜饮。她的丈夫在甲板上眺望绿莹莹的海岸，而我的丈夫则在山下的酒吧里喝酒，那儿像地图上的一个大头针，我也曾去过。

约翰·温斯罗普在他的日志中提到，发现新大陆之前，他们已经嗅到了它的气息：“香甜的气息飘过来，令人心旷神怡，沿岸还传来了花园般的气息。”

朝圣者，外来的，外来者。我试着在这片黑暗中放下双臂，我试着不断睁大双眼。

下午早些时候，我看到在露台上空的大橡树高高的树枝上发生了一场骚动。两三只乌鸦呱呱乱叫着围攻一只鹰，鹰淡定地坐在树枝上，完全无视乌鸦的乱叫。“这是怎么回事？”我心想，“如果那只鹰出手，难道不能将那些乌鸦一一击垮吗？”不过，一分钟之后，这场骚乱就平息了。乌鸦飞走了，那只鹰还栖息在那根树枝上，目光如炬地审视着地平线。

我很害怕。我很好。世界变了，但还是跟以前一样。我的头发里有几只乌鸦，而我已没有头发。给我一壶酒，给我一块方巾，让我把它搓洗得洁白无瑕。

7

残次品

我有个朋友叫金妮，住在查尔斯顿，跟我得了同一种乳腺癌。我们俩喜欢互发信息，讨论如果可以给癌症病人寄病态的感谢信，该怎么写。可以把这封信寄给现实中的人，也可以寄给虚拟的人，金妮把这帮人叫作“砂锅菜贱人”。她是信托兼财产律师，所以很了解这些“砂锅菜贱人”以及她们不停地眨啊眨的眼睛。

我们要做的是“残次品”生意，计划借此给孩子们留下大笔财产。

“谢谢您送来的墨西哥卷饼砂锅，比大便软化剂还管用。

“您的挂念和祈祷都很好，不过我还是更喜欢阿提凡（Ativan，即氯羟安定）和大麻。

“谢谢您送来的花，但愿它们在我死之前枯萎。

“您在电话留言里说不知道我经历了什么，您为此身心俱疲，确实有助于我正确地看待一切。

“阿普唑仑是白色的，昂丹司琼是蓝色的，吃了类固醇的我想掐死您。”

金妮被确诊患有乳腺癌的时间只比我晚了几个星期，那时癌细胞已扩散至她的淋巴结。金妮也是北卡罗来纳大学的校友，所以自然而然将这种邪恶的癌结节命名为克里斯汀·莱特纳（著名篮球运动员，就读于北卡罗来纳州杜克大学时曾率领杜克大学蓝魔鬼队夺得国家大学体育协会总冠军），他是焦油脚人（北卡罗来纳州人的绰号）的死对头。我们俩都不知道该怎么指望杜克拯救我们。她把自己的乳腺肿瘤叫作博比·赫尔利；这是另一位有名的杜克大学毕业生。“化疗会把那些混账东西全轰炸得面目全非。”她发信息给我。

8

追寻人生

晚上9点，我在卧室里给刚长出半颗门牙的弗雷迪注射胰岛素，打完之后，他赖着不走。他佯装告诉我，他要画一本漫画书，却一直瞟着电视屏幕，此时屏幕显示着“观看下一集”，下面小字是剧情简介。

“《追寻人生》——第12集。艾普尔的癌症缓解了一些，不过她的复工却不顺利。同时，利奥依然昏迷。”

“所以，你是在看一部癌症剧集？”他终于羞怯地问道，“为什么要看这个？”

“不知道。”我说，“我想，看这个节目能让我感觉自己更像正常人吧，而且，剧情特别糟糕，还能逗我大笑。”

“怎么个糟糕法？”他问。

“比如，里面的角色大声咆哮：‘嗯，怕你忘了，不过你得知道我得了癌症！’”

“哦，”他说，“是有点儿糟糕，就像说：‘冷静一点儿，我们知道的，真抱歉你得了癌症，不过拜托你别再喊了。’”

“对，”我说道，“就是那样。”

9

地理概况

我最近拍了乳房的X光片，看上去像夜里从飞机上俯瞰的景象，两个肿瘤就是两座灯光璀璨的城市，我把它们称为格林斯伯勒和温斯顿-塞勒姆，中间隔着的4厘米相当于被车头灯照亮的40号州际公路。只有等医生过来之后，我们才能知道那条路到底有多拥挤。

卡西诺医生说，有的恶性肿瘤很蠢，而聪明的恶性肿瘤会像原子弹一样爆炸成蘑菇云。只要有可能它就向四周扩散，搭上淋巴结这辆火车，去到身体远处的角角落落，在那里建立邪恶的卫星基地。比较蠢的恶性肿瘤只会自顾自地生长为一个肿块，然后它就会觉得无聊，四处蹭蹭挪挪，再在附近生一个肿块。我们希望我得的是第二种肿瘤。

卡西诺医生总是跟我们这些病人说很有希望治愈、大概不用再做化疗这样的话，不过她还是让我再去做更多检查。我看到候诊室里满满当当都是焦躁不安的女人，从20岁到90岁都有，她们都穿着一模一样的灰色病袍，一半的人在发信息，另一半的人在织毛衣，就为了确认我们得的癌症到底是哪一种“地理概况”。好像她们的手中握有这么一份地图，旅途就不会那么障碍重重。

10
狼穴

医生为了查明你的肿瘤有没有可能扩散，一般会在手术的前一天，让病人躺在阴冷的地下室的成像仪内，往肿瘤里扎入一个针头，再给你注射一剂放射性同位素蓝色造影剂。

随后，刺痛感逐渐消退，你一动不动地躺在那里。没人跟你说话，只有仪器里传来的声音，一个机器般的声音命令你呼吸。

然后，医生会告诉你去吃午饭。你坐在“癌症咖啡厅”的露台上，一边晒太阳一边吃火鸡肉卷饼，看着一对跟你父母差不多年纪的夫妻坐在轮椅上，其中一位老人的氧气管被缠住了；另一位老人一只手高举着香烟，另一只手将卡在轮子上的管道轻轻解开。

随后，我又回到了地下室，让放射科医生利用盖革计数器跟踪同位素的路径。如果哪个淋巴结周围出现亮点，就代表肿瘤最有可能与这个淋巴结相通，也就是所谓的前哨淋巴结。所以，这些淋巴结里最可能有逃走的癌细胞。次日，医生在这些部位做手术时，这里还会发亮。

医生会把这些淋巴结提取出来，送到病理医生那儿去，做成切片，然后着色，再用显微镜检查，就像我的两个儿子在关灯以后打着手电筒熟记恐龙书或棒球卡上的内容一样。

造影影像中，前哨淋巴结就像城堡大门处孤独的哨兵，只亮了一处。

“这算坏事吗？”我问技术员。

“无所谓好坏。”他说，声音里透着一股倦意，“这只能说明你有一个前哨。”

“我没有守卫，没有哨兵，只有满天星辰。”蒙田发现有着重重守卫的邻居家频频遭到抢劫，而他家却安然无恙后，他如是说。“我家前后无近邻，无人前来敲门，只有一个门房权当守卫，这个‘守卫’只有旧时代里的意义；门房存在的意义仅在于凸显体面和优雅，而非守护我的命运。”

我想如有可能，蒙田一定会把我的“哨兵”也送回家，送入阿基坦雾气弥漫的夜晚里。

对他来说，无所谓锁匙、守卫，也不需要试毒员。

我正在重读蒙田的传记。38岁那年，对蒙田来说也是颇为重要的一年。几年前他的父亲刚刚去世，他在波尔多担任公职多年后也退休了，彼时他早已颇具名气，隐居在乡下的家族房产内，开始著书立作。

“蒙田是那么有名的政客，而且当时政坛风起云涌，他也没有试毒员，你不觉得很不可思议吗？”我问约翰。

“这很像他的风格，蒙田是典型的斯多葛派。”他说，“我敢打赌，你们的清教徒祖先也没有试毒员。泰然自若和健走最能解毒了。”

约翰跟我一样都很喜欢蒙田，他是第一个推荐我读蒙田著作的人。“其实，我觉得只有热衷权力的专制君主才需要试毒员吧，比如罗马皇帝克劳狄一世、希特勒等，他们都罪恶累累。”

一天早上，我在阅读玛戈特·威尔克的生平时，不小心掉进了互联网的“兔子洞”里。她是希特勒的15个试毒员（他征募的“试毒队”）中唯一的战后幸存者。她现在已近百岁高龄：

“食物都很美味……芦笋、青椒，应有尽有。”她告诉记者，当年在地下室里的菜单，就算是在和平年代，其新鲜和美味程度也是令人瞠目结舌的。“不过……我们从未享受过‘它’。”

每天早上都会有一辆全副武装的大巴车来婆婆家接她，然后将她拉到附近城镇的兵营里。在那里，食物都已经做好，准备送到希特勒的“狼窟”总部去。她要在每天上午11点至中午之间试毒。

她记得，自己跟另外几个雅利安女孩一起围坐在一张木桌前，旁边有党卫军监督，她每吃一口都会害怕得大哭，这样的景象维持了两年半。有时候，有的女孩会痛苦地跌倒在地，不过这是出于焦虑，而非因为中毒。

70年过去了，玛戈特明显保留了细嚼慢咽、谨慎进食的习惯。我找到了一篇文章，里面详细描述了她在跟记者交谈时，细细咬食一块咖啡蛋糕。

虽然她没有亲眼见过希特勒，但是她说自己看不起这个让她每天以身试毒的人：“他真的非常讨厌，像只猪一样。”

这个“别将房屋上锁”的比喻不禁让我想到以上这些事，不过我现在有点儿头脑混乱了。我是希特勒吗？还是说，希特勒就是那肿瘤？这根本算不上比喻，对不对？这只是另一个艰辛的故事。不过，玛戈特跟我还是有一点共同之处的，那就是我们的身体都不为自己所有。她的身体被党卫军征用了，而我的身体则被疾病和药物奴役了。

“你的乳房要去哪里？”弗雷迪问我，“也就是说，医生切除它以后。”

“大概会放到杜克地下实验室的抽屉里。”我说，“嗯，医生还要进一步测试这个肿瘤，不过我猜他们会直接把它扔掉。”

稍晚一点儿，约翰取笑我：“让孩子想象这种画面可真是不得了。亚力克斯医生，麻烦你，我要选500美元的‘情绪创伤’。”

“那么我究竟该说什么才好？”我问。我永远都不知道自己该说什么，说实话，约翰也不知道，我们想带孩子去咨询心理治疗师。“如果有人知道说什么话才合适，一定特别了不起。”我发信息给金妮。金妮也有两个孩子，分别比我的两个孩子大两岁。她的女儿11岁，正是懵懵懂懂认识一切的时候。“阿门。”她说。

手术后，约翰和我一起走在杜克癌症中心的走廊上，他有时会怪里怪气地尖声跟我说：“妮……娜，你在哪儿？我是你的乳房，很想念你。救救……我，妮……娜！”

“试着不去理解，仅仅观看。”乳房切除术前约一个星期，我在乳腺门诊候诊室里第一次近距离看到手术引流管。我不知道那是什么，只是一直睁大了双眼盯着看。那是一位很年轻的女士，大概25岁，她在跟接待员聊天。她闪闪发光的牛仔裤腰带上挂着两只透明球体，臀部两侧各绕有一根装满液体的管子，往上延伸，消失在她的衬衫里。管子里面都是亮橙红色的液体，像佳得乐饮料。她突然笑得特别大声，然后又一下子停了下来，轻轻地摸着满是液体的球体。“哦，天哪！”接待员开玩笑说，“连笑都不能笑，真是糟糕透顶。”“我们双臂交叉放在胸前。”

11

一“回忆”大象

“好比一群鱼、一群狮子、一群乌鸦，所以一群大象，也可以称为一‘回忆’大象。”

这个句子并没有形容出一群大象或一队大象的脚步轰隆声，更像是日出时，大象在低洼的湖里喝水，或是在大象过去常常喝水的地方。庞大、强烈，又带着点儿虚无缥缈感。

这跟麻醉一样，真的很像。麻醉之后。你失去所有知觉，身上留下刀口、剧痛和缠绕的绷带，你无法依靠经验去解释，因此也不得不靠想象编造出很多梦幻的情节，并对此坚信不疑。

手术很顺利。他们送我进入手术室那旋转的虚无缥缈中后，就上楼去赴加斯帕雷托医生的约了。

我醒来时约翰就在我身边，随之我又沉沉地睡了过去，又醒来，然后又睡着。他的妈妈乘飞机从俄勒冈州飞过来，替我们照顾家里的孩子。“他们很乖，”约翰说，“玩得很疯，都没有问过你。”

他揉搓着我的手，冲着麻醉药效还没过的我微笑，还在社交网站上开我玩笑：“妮娜很好，她现在比参加大会发言的加里·布塞还要嗨。她低头看了眼身上的病号服，然后抬起头，竖起一根手指说‘一个，不是两个’，这是她第一次形容她的‘新身体’。”

意识越来越清醒，我听到远处的电视正在播放海盗队的晚间比赛，遥远得像另一个世界发生的事，像穿过医院的百叶窗滤下的光线。

医生俯视着我，跟我说这台手术完成得有多出色，前哨淋巴结里看来没有癌细胞，还开了几个我根本听不懂的玩笑。不过我非常肯定，这些玩笑跟手术之前他说的那些别无二致。

再回到大象的话题，我觉得恢复室里满满的都是大象，一“回忆”大象。

有癌症大象：淋巴结切片检查从病理科取回来时，会告诉我们什么？还有一只大象，我切掉的乳房哪儿去了？我们有“一个，不是两个”。然后是我妈妈的大象，那个阴晴不定的野兽，一会儿收缩，一会儿变大，有时候很熟悉，有时候却又那么陌生、粗鄙不堪，让我觉得它就是一只犀牛，来自一“撞击”犀牛，也是一“顽固”犀牛。

“哟，”我妈妈得知那个淋巴结的消息之后说道，“如果不能确定你安然无恙，我真不忍心就这么撒手人寰。”

一“凝视”浣熊。一“伦巴”响尾蛇。一“漂流”鳄鱼。一“筏”火鸡。一“买卖”雪貂。一“得意扬扬”云雀。成群的动物挤满了房间，我又恍恍惚惚地睡了过去。

我还没见过绷带底下是什么样子，那是完全陌生而崭新的世界，也不一定是血淋淋的，或青肿的样子（说实话，医生确实干得漂亮）。不过我不知道那算什么，平平坦坦，甚至有点儿凹，像那一“回忆”大象曾经喝过水的湖的湖床，空空荡荡，是种回忆。

此时此刻，因此而产生的情绪正在伺机等待，就像我伸出手却够不着的那个架子。这一刻，我关心的完完全全是生理，甚至是类似地理的东西。此刻，胸部的引流管，腋窝的痛楚，以及我衬衫一侧凹陷的样子。

不过，还有别的事情：被切除的女性特征，高低不平的样子，还有对于这具身体的陌生感。我尚找不出合适的词语去理解那个部位，我想这就是此刻这个事实如此沉重的原因吧。它就在那里，可我好像还不知道该如何形容它。

所以，我正在练习如何关注这些缥缈而又确实已发生的事实：一“治愈”医生早上会来查房。与此同时，一“大锅”雷暴雨在地平线上蠢蠢欲动，一“希望”鸡尾酒在等待放入冰块。

12

重新摸索边缘

我的曾祖父叫雷蒙德·爱默生，他在被召回家族的投资公司之前，在美国西部做土木工程和工料测量师。

我从未见过他。因为我出生的那年，他正好去世，但在我爸爸的印象中，他是个古怪、才华横溢又心绪不宁的人。大概是因为他被迫回到东海岸的公司上班，被迫整天穿着那种领尖系纽扣的衣服，或者因为他终其一生都在咀嚼一枚古老的铅弹头，所以才精神错乱，最后完全疯掉。

我与曾祖父最实际也最亲密的接触，在他于20世纪30年代设计并打造的一栋房子中，房子位于马萨诸塞州沿岸一座小岛的悬崖边上。我每年夏天都会去那里避暑。房子很简单，是结实的矩形乡村风格，屋顶轮廓十分抢眼，门廊很宽敞，建在一个引人注目又偏僻的悬崖边上，在屋子里几乎可以看到西面辽阔的天际线。如果这栋房子建在大草原或大峡谷边上，而不是建在现在这种眺望帆船和玛莎葡萄园的地方，会令人更有家的感觉。

我在那里住的时候，会想象曾祖父在空荡荡的山上一步一步地丈量住宅基地，在那片茂盛的草丛中仔细思索，用脚感受着轮廓和地面的起伏。一眼便可从这座房子的外观看出，设计它的人喜欢野外胜过一切，设计的人并不在乎房子内部是什么样的。房子里面的壁炉架上挂着他仪表威严的祖父拉尔夫·瓦尔多·爱默生的肖像。

走出房子一段距离，地势便急剧下降，下面就是长岛海湾。家里所有人都将之视作边界线，夜里我们会测量屋子距离悬崖边有几步远。我也曾在那里验证过自己的想法，是不是天黑以后峭壁也没有了，房屋周边只剩下我和峭壁下的海浪声，那是世界终点的声音，还夹杂某种象征着起点的吼叫声。

这座岛屿原先是曾祖父的妻子，也就是我曾祖母阿米莉亚·福布斯的家，经由她的家族一代代传了下来，拉尔夫·瓦尔多·爱默生作为家族朋友和姻亲一生中至少也来过几次。不知道他是否喜欢这里的荒凉胜过他在康科德幽静的森林庄园，不过他是在这里写下了《瓦尔丁赛姆特》（*Waldeinsamkeit*）这首诗的。这个单词是德文，很晦涩，写的是他在森林中的感受，那是一种神圣的孤独感，就像处于森林中的教堂。

妈妈跟我的曾祖父一样，也是在融入这个家之后才开始来这里的。尽管如此，她还是一直要求，希望自己的骨灰能撒在这座山上。最近，我开始细想这件事该如何实行。

前几天晚上，我突然间特别急躁又特别乐观，于是便扯下了一条术后引流管，而且当晚最后一条胶条也自行脱落了。此刻，自我做完乳房切除术，终于第一次摆脱了这些随之而来却并不属于我的东西，终于可以正式看一眼切除乳房后的那儿是个什么模样。我在用脚步丈量，我在重新摸索边缘。

作为一个未经任何训练的测量师，我的笔记如下：

以前，我没有注意过，这个伤疤原来是个拉长了的S形，像一条蜿蜒的河流，从胸骨到腋窝正下方约八英寸长。约翰将它看成了超人身上倾斜的S形。我看到一个懒洋洋的问号，连那一个点儿都没有。整个切除区域都很麻，我用手指摸着它的轮廓，预期跟实际的感觉之间有条令人混乱的鸿沟。确实不好看，不过对我的手指来说，那是一个新世界。我已经迫不及待地想要了解更多。

爱默生当然也读过蒙田的著作，他尊敬他，并将他视作健康的怀疑主义者的典范。怀疑主义源于古希腊文skeptesthai，暗指追寻，却未找到。这并不是说怀疑主义者没有任何信仰，据爱默生称："他们斟酌、审慎、收帆、盘点、管理财产，并相信如果一个人树敌过多，便不能再把自己也当作敌人。"

"我宁愿好好地理解自己，而不是去理解西塞罗。"蒙田说道。他详细记录了自己的饮食、排便习惯、锻炼、性生活、疼痛，还有他的肾结石。"我研究自己多过研究任何主题，这就是我的形而上学论，这就是我的物理学。"

"你可以随处阅读神学、文法和形而上学，"爱默生评论蒙田的著作，"无论你在这里拥有了什么，都有点儿大地和现实人生的滋味，甜蜜、聪慧或刺痛。"

无休无止地探寻，同时不要为发现的结果所束缚。约翰躺着读书，我关上浴室门，取掉毛巾，站在镜子前。

我右胸的伤疤像一个浅浅的火山口，一条美丽的山脉斜斜穿过，有的支脉很险峻，有的地方却很平坦。切口处的皮肤层层褶皱，让我想起了哺乳过后的乳头，那时候婴儿的头会懒洋洋地往后靠着，乳房上的皮肤越发圆滑柔软。那里没有疤痕组织，只有淡淡的一条线，消失在我胸前的雀斑下，就像可有可无的想法。

“剖开这些文字，会有血流出来，那是有血管的活体。”爱默生如是评论蒙田这个法国人的写作风格。蒙田像一位外科医生，他对思想做穿刺、解剖和活组织检查。他切下一小片思想在玻璃片上着色，随后从架子上取下显微镜检查。蒙田又像一位病理医生，“他的话语中流露出真诚”。

另一侧的乳房看上去很滑稽，一如我之前想象的样子。烧成灰烬的庞贝古城上方，维苏威火山还在咆哮翻滚。“死亡无处不在，与我们的生命交织，并融入生命。”蒙田在不惑之年写道，“衰退预示着死亡的到来，侵入我们滚滚向前的生命。我现在的模样跟25岁和35岁时相比差别很大，远超过现在的我和濒死时的差别！”

我刚满38岁，头顶上刚冒出来的零星头发中立着几根白发。因为麻醉剂的关系，也因为一直在室内恢复，我的面色很苍白，并且不能抬胳膊。如果跟35岁和25岁的自己对比，我现在一定跟鬼一样。我距离死亡还有多远？蒙田还有句著名的格言，“不为结果所束缚”，我在镜子前试着大声说出这句话。

我们已经为妈妈约了临终关怀服务。

很奇怪，当你说出这个词时，别人的面色就会黯淡下来。这个词意味着最后一口气，悄声细语。不过我越想越觉得这个词很美妙——临终关怀。音很轻，尤其是尾音部分，听上去很舒服，足矣。这是一个带着拉丁词根的法语词（hospice），听上去很像医院（hospital）的发音，但最后的s音增添了许多平静之感。（你瞧，我越来越喜欢s这个字母了。）

这个词以前是指旅客招待所，主要是为朝圣者休息准备的。确实，对于一个疲惫不堪的“朝圣者”来说，还有什么比休息更重要的呢？

这里还有一些我这个测量员的笔记：

乳房切除术后，我拿到了全部的病理报告。医生在之前推测的位置发现了那两个肿瘤，还在管道中发现了一个8厘米的非侵入性肿瘤。前哨淋巴结没有癌细胞，边缘很清晰，虽然肿瘤与组织边缘之间只隔了十分之一毫米。不管怎么测量，这些肿瘤都没有收缩，这就表示化疗并没有那么有效，很不幸听到这个结论。

卡西诺医生想做进一步的病理分析，还跟同事们一起商量研究我这个病例。由此，我想到在高高的草丛中踱步丈量时，我们会感受到崭新的地貌以及可能看到的景象。

我一遍又一遍地抚摩那片伤疤，发现有点儿熟悉。那个伤疤并不像超人身上的“S”，也不像问号，更不像河流。那个伤疤是一条路，是我很熟悉的路，从船屋旁杂草丛生的峡谷开始，蜿蜒穿过那片菝葜和沙滩玫瑰，往山上爬升，穿过长满浆果、扁虱和毒葛的草地，缓缓绕到悬崖上的古宅里。我看到妈妈刚从西南方向门廊的推拉门进来，渐渐消失在我的视线中。

13
派对酒食

如果晚上能找到临时保姆帮忙照顾两个儿子，我会跟约翰带着冰块和几瓶酒，再拿上几包非凡农庄曲奇派，去蒂塔和德鲁家后院的写作书屋。约翰当我们的DJ，在手机上播放着20世纪八九十年代的舞曲，我们几个就假装自己没有孩子。蒂塔和德鲁的孩子们在屋里睡觉，他们开着婴儿监视器。

他们俩都是写作教授，德鲁这学期有一门课是教大一新生，他发誓说这帮学生肯定恨透了自己。

“我一开口讲课，就感觉他们离我越来越远。”他告诉我们，“我跟他们说，如果想当作家，你们就必须走出去遭受几次打击。他们看我的眼神，我只能用嫌恶和失望来形容了。”

“我们确实既讨人嫌又招人可怜，”我说，“而且支离破碎，我们可以算作成人了。”约翰不喜欢跳舞，不过当手机里响起《带走我的呼吸》时，他拉我站起身，搂着我一起随着音乐摇摆。蒂塔和德鲁也随之起舞。我们大声地笑，直到再也跳不动，酒意渐浓。

“带我上床睡觉，不然你将永远失去我。”约翰说道。我的背很痛，胸口也很痛，之前做化疗的那种恶心正在胸口堆积。“跟我说回家的路。”我说。

14
收费员

本尼6岁了。去年，他特别迷恋猫咪、棒球、梅西，还有舷外机。今年，他又开始热衷于过路收费亭、风车、家畜和黑洞。对我来说，给他买东西简直就是一种折磨。从我们亚马逊账户里推荐的商品来看，我们就好像要开车上路熬过世界末日似的。

过生日吹蜡烛的时候，本尼悄悄告诉我他的生日愿望是长大后当一名收费站管理员，还希望我的乳房有一天能长回来，并且里面没有癌细胞。

我也是这么希望的（孩子有份工作，我也能摆脱癌症），但又不希望两个愿望都落空（我希望他找一份少吸点尾气的工作，我的身体也不会突变）。我每年过生日时许的愿望都跟本尼的这个版本差不多：我爱的每个人都找到令自己幸福的事情，希望宇宙保佑他们平安。

约翰为本尼安排了一个生日惊喜——带他去工作所在地的停车场参观。收费管理员卡尔将本尼托高，让他坐到椅子上，并给他看收费机。

“您把大家给的钱都放在这里，对吗？”本尼说着咧开嘴大笑起来，在椅子上转来转去。卡尔的收费亭里有个夹式风扇，还有几本书，一本是《圣经》，另一本是丹尼尔·斯蒂尔的平装本。卡尔之前跟约翰说，这本《圣经》是他父亲的，他的父亲曾在“二战”中效力于巴顿将军麾下。“我的父亲参与了巴顿指挥的每一场战役，他一直把这本《圣经》放在口袋中，保佑自己平安。”

“小鬼，那些钱一分一毫都不是我的，你知道吧？”卡尔对本尼说。

“我知道，”本尼严肃地说，“我听别人说过。”

卡尔教他如何操作控制杆。“魔法就是这样产生的。”

“我现在只有6岁，竟然可以坐在实实在在的收费亭里，我真不敢相信。”本尼在我们开车回家的路上说道。

数天后，约翰跟我说卡尔每次看到他都会大笑着摇头：“我真不知道自己还是个名人！”

有一天，他说：“你的妻子似乎喜欢短发。”

“对，”约翰说，“化疗的缘故。”

卡尔说：“我就怕你会说这个，所以我每天都在为她祈祷，以防不测。”从那时起，每次推动神奇的控制杆抬起升降杆时，每次看到约翰穿行而过时，他都跟约翰说自己在为我祈祷。

15

哪儿都不行

约翰讨厌改变，而癌症则让我们的生活变得面目全非。“我们就不能退出这整个癌症事件吗？”一天晚上，他躺在床上问道。

“当然不能，”我说，“而且你现在必须比从前更爱我。你不准离开这个光头且只剩下一个乳房的妻子，否则你就太蠢了。”

“你得告诉我，我把手放哪儿才不会让你痛。”他指的是我们做爱的时候。

“哪儿都不行。”我说。

16
个人广告

一天，金妮发信息给我："我又想了段新感谢词——'谢谢您来看我，顺便跟我丈夫搞外遇。我现在要离婚，以免脑子里想的全是癌症。'"

我们说的这个"感谢对象"是她大学时的闺密。金妮化疗时，她的闺密过来照顾她，一天晚上，金妮起身去倒水喝，竟然发现了他们的奸情。真是"砂锅菜贱人"的新境界。金妮随之开启律师—战士模式，那对奸夫淫妇还没从折叠沙发上起来，就被逼签署了书面陈述书。

我不知道该说什么。有好多天，我每看到男人就怒视他们。这么久以来，我头一次难以成眠。约翰反倒觉得这是好事："我越来越优秀了，对不对？"

我发信息给金妮："如果你再碰到那种跟你说'上帝只会赐予每个人他能够承受的苦难'的人，你完全有权一巴掌呼上去。"

离婚事宜全部敲定后的第二天，金妮写道："我已经决定在克雷格列表网站上登一则个人广告。"我们都一直在为手术后的身体惋惜不已。"一个乳房，精神不稳定，刚离婚，像辆长着脚踝、极度肥胖的货运车，两个孩子，银狐色板寸发型，阴道干涩，寻找二十几岁身材火辣的男人，须带一大笔信托基金，一双大手，喜欢在沙滩上散很久很久的步，可以跟你进行深度讨论，性爱时不太舒适。”

看到这里，我马上就想到了跟她匹配的人——蒙田。他的中年个人广告（这并不是说可以跟他约会，因为他的妻子偶尔会出现在他的文章中）：大概是异性恋的白人贵族，思想家，患有顽固的肾结石和痛风，内脏健康，性欲渐衰，中世纪圆塔里的藏书室内有海量藏书，钟爱古人和辛辣食物，寻找事事中庸的对象，喜欢去原始森林里长时间散步，可亲近恐惧，欢迎强盗、骷髅和死神，政治家和医生勿扰。

这个男人很害怕医学发明，一如金妮和我。“要遭受肾结石的折磨，还不能享受食用生蚝的快乐，这就等于两个恶魔合二为一。”他写道，“疾病让我痛苦，而治疗也是一种痛苦。”

疾病和治疗。我们都是如此脆弱的生灵，虽然直到濒死之时，我们都感觉自己很像生蚝，都有着坚硬的外壳。

金妮跟蒙田一样，住的地方都离海边不远，就在南卡罗来纳地势低洼的乡下。有一次，我去拜访她，她跟孩子们带我一起出去捡贝壳。我简直不敢相信会有那么多种海鲜，她教我认识字码榧螺，它看上去像卷起来的账单，摸着又滑又重，但鲜少找到完整的。还有种叫作天使之翼的蚌，有月亮海螺、海胆，以及拖鞋。凤凰螺非常漂亮，不大不小，很尖，它未卷起的唇边是我见过的最美丽的城堡。

17

肿瘤联合研讨会

今晚，爸爸邀请我们去享用他最拿手的烤鸡。妈妈还有点儿力气，能坐到餐桌前进餐。她通常在房间里吃饭，并且把那间房叫作“沙龙”。几年前，她让爸爸把房里刷成了暖黄橙色，她喜欢靠在里面的煤气炉旁最爱的沙发里。今天，妈妈坐在餐桌的主位上，餐椅里的她比以往小了一半，双腿蜷缩在桌下，吃得很少，她看到我看她时会冲我微微一笑。

刚开始吃饭，我的手机就响了，是个陌生号码，不过我马上就知道那是谁打来的。

“你好，卡西诺医生！”我接通电话，起身离开餐桌。

几天前，我们去杜克中心，本来希望能知道做完乳房切除术后的结果和后续的治疗方案。但很不幸的是，当时病理科肿瘤联合研讨会延期了，我们于是空手而回。

“肿瘤联合研讨会”这个术语，我每次听到都会觉得很痛苦。我觉得医生告诉我这个组织的名称是为了吓我，其实这个名词指的是不同专业的医生聚在桌前，讨论某个病例的特性。这听上去像癌症军事法庭或某种酷刑，也可以把它叫作“病人评审会”，或“同行讨论会”，又或者是“肿瘤医生的狂欢”。

“我答应你，我会在星期一下午的肿瘤联合研讨会后立刻给你打电话，”卡西诺医生之前说过，“不过如果你不想接，也可以不接，让我转去语音信箱，我会告诉你我们的决定。”

我接到她的电话时，她正在下班途中，之所以想打电话告诉我，是因为之前答应过我。

我能想象到卡西诺医生惬意地坐在一辆新潮又干净的豪车里，沿着40号州际公路驰骋，杯托里的冰咖啡还没有完全融化，她的一头金发整齐地拢在后面。暂停的播放器里之前播放的是一张引人冥想的CD，它静静地旋转着。

病理报告又一次出来了，肿瘤如我们所想的一样，只是没我们预期的那么好。肿瘤联合研讨会一致建议我再进行四轮化疗，这次需要加上阿霉素。这种药的药效更为强劲。

而且，这个肿瘤与其他组织之间只有十分之一毫米的边缘距离，并不足以令人安心。化疗结束后，我还要做六周的放疗。

我的头发刚长出来，绒绒的，很柔软，这使我觉得自己像个正常人一样。眉毛也长出来了，不过乱七八糟到令人不可思议，我简直有点儿同情它们。而且，我刚刚回到健身房。听着卡西诺医生说的话，我的生活好像在急速地倒退。为了回归正常人的生活——不管正常到底意味着什么——我都已经走了那么远。

“妮娜，”我们快挂电话时她说道，“我只想让你知道，我仍然觉得我们还有胜算。”

我又在想卡西诺医生沉静的模样。现在是星期一的晚上7点，她正在往家赶，跟同行讨论了一整天的肿瘤，又打电话给我这个不肯将电话转去语音信箱的病人，告诉我要继续进行化疗，病情甚至还有可能更糟糕。她的家里还有两个孩子，比我的儿子们大一点儿，她匆匆做了点晚餐，堆积如山的电子邮件在等她查看，还有一个她昨天深夜从会议上直接带回来的行李箱。她利用在高速路上开车的间隙给我打电话，那大概是一天里她最安静的时刻了吧。

有一次她告诉我，她躺在儿子的床上，儿子问该怎么约女孩跳舞。我喜欢想象昏暗灯光下的她，想象她躺在枕头上，自信而坚定的声音使夜晚都平静了下来。我真的可以想象那是种什么感觉，像这世界将你紧紧拥抱，给你安全感；像别人站在有六条车道、交通混乱的高速公路上，而你则窝在收费站的小亭子里。

我回到餐桌时，妈妈已经回房间了。她盘子里的食物几乎没动过。约翰和爸爸正在给孩子们分发甜点。我来到“沙龙”里，看到妈妈躺在沙发上。“我没事。”她说道，双眼依旧闭着，“现在跟我说一下卡西诺医生最新计划的全部细节吧，好让我今天好过一点儿。”

18

临终关怀

临终关怀护士第一次来我父母家时，是我开的门。妈妈当时躺在“沙龙”房里，爸爸在做午餐，孩子们在院子里玩“荒野西部”的游戏。他们把两个垃圾桶翻过来当马骑，挥舞着缰绳。“认输吧，伙计！”弗雷迪喊道，本尼在尖叫和嘶吼。

“天哪！”临终关怀护士说道，脸上挂着笑，说明她更习惯安静的工作环境。“里格斯小姐！很高兴认识你，我不知道您有这么小的孩子。”

她把我误认成了妈妈。她看到我光秃秃的头、衬衫上夹着的手术引流管（由于手术位置不断洇出液体，医生不得不重新给我装上引流管）。

“哦，不，我是她女儿。”我说，“不好意思，我知道这确实有点儿混乱。”护士的笑容尴尬地挂在脸上，她的表情柔和了些。“我带你去见妈妈。”

试想，就连临终关怀护士都能感受得到这个世界应该如何运作。

19

刀刃

我们的读书会从客厅搬到了“沙龙”，这样妈妈就可以躺在沙发上听我们讨论。我们刚读完一本大家都很喜欢的连环画小说，选择这本书部分是因为如果文字太多，妈妈会难以集中精力，我也很难放松。我一直在想这次讨论结束时，下次读书会该挑什么日子。

读书会里的人都知道，临终关怀护士建议过，鉴于妈妈的身体状况，她只剩下四到六个星期的时间了，不过我不知道她们现在是否还记得。一想到妈妈可能无法参加下次的读书会，我就十分恐慌。我感觉自己像回到了6岁，像撒了个弥天大谎，马上要被拆穿了；像猛地被掷到半空中的鸡蛋，随时都会摔碎。我竟然没办法大声说出来，没办法真正去面对它，甚至也不能跟大家说明这个事实：“往生后的人会有读书会吗？”

我很确定，妈妈自己也已经知道可能活不到下次参加读书会了，不过她今晚有些心不在焉，在我们讨论时，她经常走神。

“你还好吗？”我用嘴形对她说。

她点点头，抽搐了起来：“让你爸爸给我拿点儿止痛药吧。”

随之，她迅速地对大家说：“不要走，不要走！我吃止痛药跟以前喝杯红酒没什么两样。”她从来都不想结束这场聚会。

安妮拯救了大家：“大部分人8月都要过暑假，没有时间参加读书会，现在先不安排下次读书会的时间，会不会比较好？”

琳达也功不可没：“我们每个人直接过来讲一讲自己去年读过的最喜欢的书，不管是不是我们读书会读过的，也许会很有趣。”

大家起身准备离开时，蒂塔轻轻地推了推我的胳膊：“你到家后如果想找人聊聊，记得打电话给我。”

大家当然都记得妈妈已时日无多。不只是我，大家都在尽力维护这个谎言，又想戳破这个谎言。时间停滞不动，那种失落像锋利无比的刀刃，你还没感觉到刺痛，血已流了出来。

妈妈蜷缩在沙发上，过了今晚，她原本就瘦小的身体好像又缩了一点。

“你们都要好好的。”她说，开始打起瞌睡来，“我爱你们。”

现在，每次读书会结束时，我们都会说：“我爱你们。”我们当然爱大家。为什么不常常将这句话挂在嘴边呢？

20

紫色房子

我们家是一座小小的绿色平房。从我记事起，邻居家的房子就是深紫色的，门廊两侧是对称分布的亮粉色柱子。好多年以来，那栋房子前一直竖着一面黑色的战俘旗，像是悬挂在二楼窗户的横幅。

多年以前，约翰跟我搬到格林斯伯勒，以方便我就近读研究生，我记得当时自己家的前面也有一排干净到无可挑剔的马桶。

那时，我只模糊地知道紫色代表抗议，那所房子像在与整个街区抗议。那时，这个街区非常多元化，居民大多是艺术家，房子也都是特色平房。政府正要把这里打造成具有历史意义的街区，构成了某种契约和规范。如果你想把自己的房子漆成与其他房子不同的颜色，或者装饰成特别的风格，就需要征求政府的允许。

我们的邻居丹，是一名战功显赫的越战老兵，也是我们这一大片以白人为主的街区中少数的黑人住户。他不赞成这种做法。他认为打造历史街区侵犯了业主的权益，有点像见不得光的种族隔离手法，想让人认为这片街区居住的都是白人和中上阶层。

所以他和几个邻居打算把房子漆成特立独行的紫色。不过，丹的房子颜色到目前为止是最显眼的，还有那排马桶。他放了一个牌子，上面写着“韦斯特伍德的吉姆·克劳法还活着”。他那栋荷兰式殖民风格的房子非常庄严，主道旁是他修剪得无可挑剔的院子，都与他的抗议形成了鲜明的对比和冲击。

最后，韦斯特伍德没有变成历史街区，不过丹的房子还是紫色的。

12年过去了，马桶和抗议标志都不在了，紫色的油漆也已褪色。但是，如果我要跟在镇上住过几年的人介绍自己家在哪儿，只要跟他们说“我们就住在那栋紫色房子的旁边”，他们就一定会知道我家的具体位置。

我很喜欢这栋紫色的房子，尽管我并不喜欢张扬，大概也是因为这个原因，我才喜欢它。我是个光头女人，在家长会上，我发现其他妈妈看到我都是一副痛苦的表情，在杂货店、停车场也是如此。我发现街区的邮差匆忙离开，好避开我，服务生和商店店员看到我时露出不安的神色，健身房里递给我更衣室钥匙的小伙子因为担心而皱起眉头……

我讨厌这一切。但是，在头发开始长出来时，我发现光头还能代表着自己是什么样的人，好比丧服代表着失去了亲人。“它在说，我在经历些艰难的事，请对我温柔一点儿。”

“我有点儿怀念自己的光头了。”我的高中朋友克里斯蒂在发给我的邮件中如是写道，她也是今年做的化疗，比我早几个月。

“这真是种复杂的心情。”我回复她。

告别光头也就意味着告别治疗。不管治愈与否，恐惧依然存在。因为不管治疗本身是否有效，都算一种解决方案。卡西诺医生说，她曾听病人说过，治疗最辛苦的时候恰恰是治疗结束的那天，他们要预约“6个月后见”。

“我根本不喜欢利用一个恶魔去治疗另一个恶魔。”蒙田说道，他对医生或疾病很熟悉，在某种意义上，他用简短的话语，鞭辟入里地揭示了现在癌症治疗中的误区。“我讨厌治疗，甚过讨厌疾病。”

他肯定也不喜欢化疗。不过在这一点上，我跟他还是有些分歧，尽管我可能才是被蒙蔽的那个。这是一种无意间产生的副作用，不过我也必须承认，治疗过程中存在着一种黑色的和谐。治疗会让我感觉到人生不对劲，这恰恰就是身体上的疾病的反映，比如我因为类固醇而吹气般肿胀的脸，我的光头和我不对称的胸部。而且，整天在癌症中心度过，好像我也成了癌症中心的一部分。不知怎么搞的，我好像就应该在那里，比在健身房、小学、杂货店、开工作会议或其他地方适合多了。进入那些地方，我需要在车里坐很久、深呼吸很久才敢进去，试着回归正常人的生活。

丹是我的邻居，看到他，我能联想到的就是吹叶机的声音。他几乎每天都用它扫落叶，一直都很忙碌，吹落叶、割草、除杂草、浇水、锤打、擦洗、修整院子边界。在他整洁的房子旁边，我们这座低矮又不是紫色的工匠房子，看上去就要被森林吞没。

化疗很痛苦，类固醇让我的脑子一片空白。这时我就会光着头长时间地待在露台上，思考、种花、种草、呼吸，试着在这个我突然无法自由存在的世界，找回自己的归属感，所以我常常听到篱笆的另一侧丹在劳作的声音。

“我们必须明白，如果有些东西无法治愈，就必须忍受。”蒙田也这样说过。现在你知道为什么我整天跟他对话了吧。

初夏的几个星期，露台上总是覆盖着那些随风飘动的一小撮一小撮的柳絮，这是从院子里的那棵柳树上落下来的。一开始，我把露台打扫干净，然后进屋喝杯水，我再出来的时候，发现那里还是像座被废弃的院子，然后又得拾起扫帚打扫。

一天早上，因为类固醇、恶心、一点儿胃口都没有、看什么都不顺眼，也不想跟任何人说话，于是我穿着袜子和睡衣，光着头在露台上“保卫”院子的边界，坚持打扫柳絮。只要柳絮从柳树上坠落一次，我就打扫一次。就这样，一早上过去了，拇指和食指间比较柔嫩的皮肤都被磨掉了一层皮。

我想起爱默生，想起他极不情愿地陷入了自己花园的圈套中。他在日记中写道：“我皱着眉头，意志坚定，在花园里散步冥想。我弯腰拔出一株就要吞没玉米的杂草，然后发现还有两株杂草，在它后面还有一株。我伸长手臂又拔了一株，接着还有四千零一株。我汗流浃背，摇摇晃晃，不久以后，我从这个不断清除繁缕和美洲茶的蠢梦里醒来，发现意志坚定的我本身就是繁缕和胡椒草。”

打扫柳絮时，我听到丹在慢条斯理地干活。一连数小时，他在院子里微微弯着腰一丝不苟地喷洒农达[1]，让砖缝里的杂草无处生根，根除它们。

踏上屋后台阶的那一刻，他停了下来，看向正在打扫的我。如果在平时，就算不是光头的正常人穿着睡衣，他都不轻易跟人家有目光接触，但是那天我们互相点点头，好像在说我们俩内心的某种东西“咔嗒”一声，忽然间松动了。

1 译者注：一种除草剂。

21

乳头高速公路

我发信息给金妮："我觉得我们应该考虑拓展业务模式了，可以寄定制照片卡，让你爱的人瞻仰一下我们乳头文身的照片。"

我们俩最近都在看文尼·迈尔斯的事迹，他常驻于马里兰州和新奥尔良，显然是大师级的乳头文身师。他过去只是个普通的文身师，但现在他的网站上写着：过去几年间，很多事都变了，现在我主要为与乳腺癌抗争的勇士们进行乳头、乳晕文身。

他的手艺炉火纯青，女士们像朝圣者一般蜂拥前往。不过他不文任何花里胡哨的样式，不用花或龙遮住伤疤，只文各种各样的乳头：青少年是粉红色的，哺乳后是深色的，大的、小的，甚至还有穿孔的。文身都是三维的，看上去很真实。

我们看了文尼工作的视频，他戴着新潮的眼镜，打着领带，头戴一顶猪肉派草帽。

"他显然就是我们这一类人。"我写道。

"一路行驶在'乳头高速公路'上，"金妮发信息给我，"这是我们的奖品。"

此刻，我竟然失去了一个乳房。给乳头文身的整个想法让我不禁怅惘。“有点儿像新版的《末路狂花》，”我回信息给她，“我们需要一台敞篷汽车。”

22

短视

照顾行将就木的人会让护理的人看不到远方。

我们开车载着妈妈往返于杜克中心和家，等实验室出结果、输血，一等就是好几个小时。我们取消了家长会和理发预约，按规定喝水服药，问候临终关怀护士。我们坐在床边，我们在她房外的走廊上商量着，我们在等待着。对于这整件事，我们变得很短视，失去了估量做这些事的意义的能力，也不知道做这些事到底意味着什么。

短视，短视……我一直在想这个词。我们住在马萨诸塞州时，附近有个叫“短视”的马球狩猎俱乐部，建于1882年，是由四个近视的男人创立的，不过我是在很久以后才知道这个名字带着新英格兰人式的幽默。我没怎么去过那个地方，虽然爸爸的家族都很喜欢马，但我们并不怎么骑马，也绝不打猎。但是“短视”这个词听上去有点儿田园色彩，非常神秘，又非常可爱。我记得自己以前经常沿着国道1A号行驶，途经一个立着标志牌的路口，那条小路漫长而神秘。尽管妈妈是个不喜欢马的人，她还是会望着这个俱乐部的名字嗤笑。

“一个俱乐部叫什么‘短视’，真是装腔作势！”她会这样嘲笑，“没有比这更好听的名字了吗？”

妈妈做了好多年医学录音打字员，总是知道好多高级医学术语，比如，瘘管、酮酸中毒、代谢失调、心肌梗死。我依稀明白一个狩猎俱乐部因为创始人近视而取了这个名字，其中有一种古怪的不协调感，不过“一叶障目不见泰山”这个拥有较深的社会阶层含义的词，我是数十年之后才真正理解的。这个俱乐部的其中之一的创始人就是我爸爸的外曾祖父约翰·莫里·福布斯，这是妈妈去世后，我在网上搜索这个地方时发现的。妈妈知道的话，一定会觉得很有趣。

我弟弟查理和他的妻子阿蜜莉雅住在马萨诸塞州西部，妈妈决定不再治疗之后，他们俩便赶来父母所在的格林斯伯勒的家里陪她。很快，他们也卷入了这场“短视”的旋涡中。查理正在读历史博士学位，阿蜜莉雅正在考虑读神学学位，不过我们聊得最嗨的是关于可选择的牙刷种类以及麻醉剂量的话题。有时候，我们忘记了自己正在解决什么“问题”，忘记了最终等待我们的是怎样无边的安静。

不过妈妈并没有忘记。无论谁发来为她加油的信息，她都喜欢发用一只手伸出坟墓的表情说“差不多就要死了”。

查理正在读《伊万·里奇之死》给妈妈听。由于止痛药和注意力无法集中，妈妈已经看不了书了，不过听着查理读，她还是能理解书中讲了什么。

“好，有一件事我很确定，我绝对不会那样。”查理说妈妈是这样说的，当时她听到伊万·里奇在残忍的倒数时刻切身感受到了那种黑暗，他大发雷霆，始终都不相信人生会如此终结。

查理和我都在思索。我的意思是，从某种层面上来说，妈妈说的当然是对的：她跟伊万·里奇完全相反。她这一生都在直面一切，包括死亡，她努力接受死亡这件事，已经有近9年的时间。

尽管如此，妈妈刚刚决定结束总是没完没了失败的临床试验时，查理还是发信息问我：“妈妈对这一切都没有特别激烈的反应，你会不会觉得有点儿不安？”

我们俩最近都看了《婚礼之后》这部电影，其中的主角知道了残酷的诊断结果后，完全失控，在地板上哭泣，使劲摔东西。

“当然，这也并不是说我希望妈妈反应强烈一点儿，我只是有点儿怀疑她并不是真的很平静地看待死亡这件事。”他在信息里写道。

“我也这么觉得！”我回信息，“有时候，我觉得她比爸爸还像北方佬。”

当然，事实并非如此。临终时，妈妈还会大发脾气，还保有幽默感和反抗的灵魂。她最后说的几个字（几个星期以后）无疑就是她的写照：“我太他妈胖了。”但是，她的精神变得很强悍，我发现自己正在效仿她。她的身上有点儿蒙田所钟爱的斯多葛学派的影子——无所畏惧地接受一切。嗯，也不是什么都不怕，而是对恐惧不再感到畏惧。

一天早上，我趴在妈妈的膝盖上啜泣。她抚摩着我的背，怜爱地看着我。“你怎么都不哭呢？”我问她，几乎带着点儿怒意。她说：“我早就哭完了，像是从中走出来了。你只是还没有经历这个过程。”

阳光透过歪歪扭扭的百叶窗缝隙溜进来，在木地板上投下奇怪的图案。她让我给她带了冰激凌三明治，还有她的首饰盒。我们一下午就在她的床上整理这些带着陈旧气息的宝石、旧项链，说着外婆的故事。我们把她所有的戒指都戴上，之后她送给我一个特别漂亮的玉饰。“如果你要给别人选礼物，又不想费太多钱，记得这里还有一盒首饰。”

我问妈妈还有没有需要告诉我的事情，作为一个母亲还有没有什么东西可以教给我，让我变得更好。“你在很多方面都做得很棒，”她想了一分钟后说道，“不过，你有时候会对人太苛求，尤其是你会在别人背后这么做，那不像你的作风。而且，我真的希望你能常去看牙医。”

她看到很多幻觉，有细微的东西在她周身盘旋，罗马教皇蹲在角落的窗帘后，壁炉架上的百合花花蕊翻了出来，露出了漂亮的内部结构。尽管她真的很不舒服，但她的身上还是有一种平和优雅的光晕。有时候，她也会很清醒。

一天下午，她醒了过来，当时我正坐在她房间的椅子上读书。“我知道这首歌，”她在静静的房间里说道，“这是男人和女人争吵的曲子。”接着，她又沉睡了过去。

然而，我们这些人，谁又不是伊万·里奇呢？有时候会为自己走错的路而暴怒，因为不知道那些行差踏错会带来什么后果。她真的还要费尽心力去反思这些吗？还是说，现在这些变成了那些爱她的人需要做的事？是否不应该在那只狐狸身后穷追不舍，是否可以收紧缰绳停下来，去欣赏森林的平静，去漫无目的地游荡，停下来抬头去看光线透过森林的华盖落下来？

23

相册

照片有很多：她跟爸爸乘坐双人皮艇划向海豹岩；她跟弗朗茜阿姨走在路上，笑着跟拍照的人挥手；查理的婚礼过后，她在草坪上跟查理交代重要的事；她坐在阿第伦达克椅子上，腿上抱着打盹儿的本尼；她和我坐在门廊秋千上笑；她站在船屋旁的防波堤最边上，侧身而立的她双手交叉，头发随风飞舞。最后这张是从船上照的，很明显她并不是在跟拍照的人挥手，而是在送行，虽然她没有挥手，也没有微笑。潮水很高，银色的浪拍打着岩石。“我在这里很好。”她不愿挪动的双脚说道，好像这是夏天的终点，而她是唯一留下来的那个人。

第三期

1

死亡逼近的十五种迹象

临终关怀护士给了我们一本名叫《死亡逼近的十五种迹象》的护理手册，如果她以此出考卷，查理和我一定都会得A，我对此很有信心。

差不多已经午夜时分，我们在父母家里，坐在厨房流理台上，反复看着妈妈的身体在接下来几周、几天、几小时，甚至是每一刻会发生的情况清单，准备迎接这些无法准备的事。妈妈躺在旁边房间里的一张病床上。

“她的呼吸模式在改变。”核对无误。

“她几乎不吃不喝。”核对无误。

“她的四肢末端冰冷，可能有点儿发紫。”核对无误。

“她多半都在睡。”核对无误。

“她醒着的时候，总会焦躁不安，一般会出现幻觉，她可能会伸手去够你们看不到的东西。”对，她好像在用纤瘦发紫的手指，反复地翻一个看不见的花绳，或者在捏橡皮泥，或者在戳另一个时空里的洞。

“她说话时，一般比较慢，比较吃力。她说的可能是你们不懂的东西。”“谁能相信这光线？”安静了几个小时后，她突然这样叫起来，然后她说，“我们离开这里！”

“从大红瓶里取出液态吗啡滴在她的舌下。你的丈夫是刑事辩护律师，他跟你保证，这可以在黑市上卖一大笔钱。”核对无误。

“上一条是开玩笑的。”核对无误。

“她好像再也不知道你的存在了。你疲惫不堪。”核对无误，确认无误。

“这么多天以来，你的爸爸趴在她病床旁边的床上，第一次和衣睡着了，灯还亮着，他头睡在床尾。”核对无误。

“那么，你猜会是多久？”我问查理。

“我不知道，一个星期，几天？”

我们都再次凝视着手册，扫了一遍，寻找着上面并没有写的东西。我们试着了解不可知的东西，还企图对之了如指掌，真是奇怪的生物。

阿蜜莉雅接受过陪产的培训，好像更知道此时该怎么办。她在妈妈的房里点燃蜡烛和熏香，为所有花瓶里的鲜花换水，扔掉那些枯萎的花。她在妈妈的手上擦乳液，做灵气治疗。“我真的感觉得到她的存在。”她说。

我一点儿都感觉不到妈妈的存在。房间里没人时，我试着跟她说话，不过我不知道该说什么。“你不用再撑了。”我试着说。她醒来了，几乎像是在瞪我，有点儿困惑又有点儿生气，好像在用眼神跟我说：“好像如果我知道怎么停下来，我就会停止似的。”

“心跳和脉搏可能不规律。喉咙里会发出汩汩声，呼吸阻塞，这一般是死前的喉鸣，很常见，相比病人实际的不舒服，照顾她的人可能会感到更痛苦。她可能在寻找或者要求得到离开的‘允许’。”

三个半小时后，我在自己家里，电话铃声惊醒了我。

“我觉得你必须马上过来。”是查理打来的。

“为什么？”我问道，还在固执地装傻。我的脚趾在地板上摸索拖鞋，我把乳房切除术后的引流管别到干净的T恤上，跑出门，跑进温暖的夜里。

2

你害怕去做的事

当年我中学毕业时，爸爸的一个表亲送给我一本《爱默生在康科德》，我读得津津有味，这是由我的高祖父写的，记载了他那位传奇父亲的奇闻逸事。

他说爱默生的著名格言“永远做你害怕去做的事”其实是他凶悍的玛丽阿姨对他的警告。父亲去世时，爱默生只有8岁，之后玛丽阿姨帮他妈妈抚养孩子。这是我最喜欢的段落之一。

爱默生将这句忠告传给了自己的孩子，然后代代相传。现在，我站在父母在格林斯伯勒的房门口，想起了这句话。“走进门，她的遗体正等着你。你会看到你的父亲在哭泣。”

“走进那个场景。想象那就是你自身死后的场景。”

3

新生活正要开启

日出后没几个小时，妈妈就辞世了。我们将她的遗体留在房间的床上，然后步行去看一看圣玛丽家，我们想在那里举行追悼会。那是街角处一家有护墙板的小教堂，是设在校园内的圣公会教堂。相比于传统的教堂，它虽然只有一间房，却很温馨。12年前，我在那里朗诵了自己的毕业诗歌，我的父母依偎在第一排的长椅上看着我。

关于妈妈的葬礼，她给的指示模棱两可，相互矛盾。“什么都可以。你们想做什么就做什么。什么都别做。我又不会到场。”

后来她又说：“嗯，也别什么都不做，如果你们决定要把我的骨灰撒进大海，一定要趁着退潮而不是涨潮的时候。我很希望让马克和安妮唱首歌，希望会有人致辞。还有妮娜，我想让你读那首诗，就是写我们意大利之旅不停争执的那首。”

后来她又变卦：“算了吧。你们在葬礼上想做什么就做什么，挑着好的做就行了。”

自始至终，她唯一坚持的事情就是火化，她说：“不要让我在地下腐烂！”

在车道上等其他人出来时，我自拍了一张照片——癌症患者与已故母亲的肖像。数月后，我往回翻手机相册里的照片，这张照片就在她的遗体照片后面——她惨白的胳膊上都是深深的瘀紫，还有她脸上那令人不寒而栗的喜悦——我发现自己在镜头前本能地笑得很灿烂。

我们从家里走出来，走在8月清晨的街上，像从空难飞机残骸中走出来的几个乘客。我们举止古怪而轻浮。此时此刻，我们是彼此最好的陪伴，因为我们精神错乱又疲惫不堪，依然沉醉在那种充满怨恨的幽默感里。最后的这几个星期，我们视彼此为氧气，借此保持清醒。

“把她一个人留下，没事吧？”爸爸问。

“我觉得没问题，”阿蜜莉雅说，“我是说，还能怎么糟糕？”

家中有新生婴儿时，在经历了尤其难熬的一晚后，你幻想自己走出房子锁上门，就那样静静地走开，暂时搁置这一切。只不过，我们真这么做了。

这是夏末的星期五早上，学校的新学期刚开始，父母家位于北卡罗来纳大学格林斯伯勒分校附近，街上的学生越来越多。我们这一行人笨拙地穿过人流，漫步到小教堂。圣玛丽家锁着门，我们站在门廊上，从未进去过的查理跟阿蜜莉雅凑在窗前看里面有多大。那时，一个背双肩包的学生锁好车门，往学校走去。我认出她就是我儿子的临时保姆，是一名研究生，自从她的时间表更改后，我们已经有好几个月没见过她了。

“嘿，是安妮赖斯！”我跟约翰说。她径直走过我们，正要去跟人行道上的朋友打招呼。

然后，我发现我们碰巧也认识她的朋友，是我们儿子的另一个临时保姆弗吉尼亚，她也是研究生。

“嘿，你们俩好呀！”我不由自主地冲她们喊道，跟约翰走向前去。

“嘿！很高兴见到你们！最近好吗？”别无二致的寒暄方式。

查理、阿蜜莉雅，还有爸爸几个人静静地站在我们身后。我们看起来是什么样子？引人注目？还是引人怀疑？我们也许会让弗吉尼亚和安妮赖斯心生担忧，她们会觉得好一阵子没见到我们，是不是因为我们加入了邪教。

“很好！挺好的！你们呢？这学期还顺利吗？”我只能这样说。

或者也可以说：“我这件宽松衬衫下别了一根乳房切除术后引流管。我的头发掉光了，很痛苦。我好几天都没睡了。我的妈妈在5个小时以前刚刚咽下最后一口气。现在，她一个人躺在街角处的家里。我们正在考察举行葬礼的地方。”

我不知道该怎么将我的家人介绍给这两个年轻的女孩。

“对不起，”回家的路上，我对大家说，“我实在是不知道该怎么说。”

那晚，爸爸妈妈最亲密的两位朋友安妮和马克过来陪我们，我们或许要请他们在葬礼上唱歌。他们的女儿莫莉，是我们请的第一个临时保姆，正是通过她，我们认识了安妮赖斯和弗吉尼亚。

莫莉这个暑假都在流动餐车打工，值完班后也顺路过来了。安妮、阿蜜莉雅、莫莉和我坐在妈妈的遗体旁一起哭泣。

“请代我跟安妮赖斯和弗吉尼亚道歉好吗？”我跟莫莉说了我们相遇的事，“我当时的举止一定非常奇怪。”

“我当时的举止一定非常奇怪”，我一直在重复这句话，基本上都是在自言自语。因为原来不管过去几天、几个星期，我仍然能够感觉到妈妈一直都在这个街角，一个人躺在家里，刚刚死去。而外面阳光正好，一派新气象，我一直都在跟别人说我很好。

4

火化场

爸爸、查理、阿蜜莉雅和我一起跟着两位身穿黑色西装的殡葬承办者，穿过近38摄氏度的停车场，来到一栋无窗的金属建筑前。约翰在上班，孩子们在学校。追悼会明天举行。我的手机在口袋里一直嗡嗡响，不断收到其他亲友的航班抵达通知信息，还有最后一刻的追悼会安排信息。

一个星期以来的炎热以及接二连三的事件，让我们都疲惫不堪，不过当然我才是最憔悴的那个。头发刚刚要冒出来。切除乳房的那一侧，T恤贴在身上。我走得很慢。预计从下个星期起，我就要继续为期三个月的化疗了。

“真糟糕，”妈妈几个星期前说过，“真不敢相信，在你经历这一切的时候，我竟然就要死了，这真让我痛不欲生。”她讽刺地笑着。

在失去了生命中重要的人后，我们用一种精神错乱、意想不到的方式面对。多半的我站在这里悲痛，但我不得不承认，还有一部分的我是为了某种病态的试车。死亡从妈妈的病床上搭上我胸部的这辆便车，一路追到殡仪馆后面的这个停车场。

火化场在这栋波纹金属建筑最里面的角落里。以前，妈妈沿着北卡罗来纳乡下的高速公路行驶，看到这种廉价的金属建筑时，常常会说这是“丑化美国”。不久后，达乐公司或者也可以叫酒水商店，就在那里开了幕。现在，就在这样的一栋金属建筑里，妈妈的遗体等待着最后的时刻。

我们知道工作人员会把她放进那个价值几百美元的硬纸板火化棺材里，这是我们在殡仪馆为她选的，但没想到这个棺材看起来像个大号的白色蛋糕盒。

工作人员看到我们想待在这里，好像有点儿不安，好像我们才是怪胎似的。说实话，我也不知道自己想不想待在这里，但查理强烈感觉我们应该目睹整个过程。我们也一致同意，不管妈妈去世的这件事会让我们经历什么迂回曲折的离奇事件，我们都要尽力相互扶持。

我们守在妈妈的床前，直到她去世。她去世后，我们将遗体留在家里几天，轮流坐在她的身边，看着她的遗体慢慢改变，看着她越来越不像生前的样子。

现在。

“这就是终点了。”我心想。

三天前，我们跟另一位承办殡葬的人员坐在殡仪馆办公室里。他就是我们隔壁的邻居乔，是我们的朋友，也是位新手爸爸。我们向他咨询观看火化过程的事宜，他的女儿是在我妈妈去世的那一个星期出生的。

“嗯，当然，当然可以安排。”乔说道，他这个人最大的两种天赋就是聪明和善良。

殡仪馆光滑如镜的红木桌子上摆着我们从家里带过来的盛满了

鲜花的罐子，这是妈妈保存东西用的容器。“你能把她的骨灰放在这里面吗？”查理问，“抱歉，味道有点儿大，这是她生前用来放大麻的。”

“哦，当然可以，”乔点头道，眼睛都没眨一下，“没问题。”

其实决定把这个罐子带过来，我着实松了一口气。当我去接爸爸前往殡仪馆时，他其实抱着那个20世纪70年代买的橙色特百惠水桶钻进了车里，我们一直用它来冲速溶柠檬水。“这个行吗？”他问。

“我觉得不行吧，爸爸。”我说，“要不，别从厨房里选？”

等爸爸跑回屋里再找合适的容器的时候，我把这个水桶放在副驾座椅上，拍了张照片发给妈妈，并写道：“拜托你快回来吧，爸爸想把你装进这个水桶里。”

没有回复的信息，但这只是第一封而已。

在这栋“丑化美国”的殡仪馆里，里面比停车场还要热，像个车库，带着个大型冷却器，还有个更大型的烤箱，烤箱好像正在预热。

“你们想先看一下遗体吗？”一位殡葬工作人员问我们。

妈妈在冰箱里待了5天了，工作人员掀开蛋糕盒盖子时，我们看到她脸上覆着一块布。所有的这一切中，我最讨厌这一点。工作人员揭开那块布，莫名带着点儿炫耀，我们四个人往前倾，看了看她。

她不再是我的妈妈了，看到躺在金属盒里的她，我想我应该明白这一点。虽然我早就知道，在凌晨3点电话响时我就知道了，在查理说“我觉得你必须马上过来”时我就知道了。当我跑进车道时，惊到了门口草坪上的一只兔子，它一动不动地回头盯着我，我摔上车门，越过了它。我知道我已经晚了。

妈妈的遗体没有任何腐烂的迹象，但肤色明显已经蜡黄，脸上凝结着水珠。只有头发还有原来的样子，一小缕一小缕的灰棕色秀发从前额往后拢起。她早上死去时，我们撒在她身上的紫色花朵已经枯萎发黄，像被丢弃的花束。妈妈的眼睛并未严丝合上，上下睫毛并不匀称，像我三年级时她跟我缝的玩偶装的眼缝。她的嘴也没有合上。

“她一定不喜欢现在的这个样子！”我跟爸爸轻轻说，他握紧我的肩膀。

另一位工作人员转身对我爸爸说：“你们想摁下焚尸炉按钮吗？”好像爸爸是特别派对上的寿星男孩似的。他开始为爸爸示范控制杆和不同的旋钮。爸爸一向什么都不怕，但此刻我知道他顺着工作人员的意思，让场面变得这么滑稽，只是不想跟对方再多说任何话。他摁了那个绿色的按钮。

烤箱门慢慢开启，随之突然倾斜，上一具遗体留下的骨灰轻轻飘到空中，像思想的泡泡，也像一个梦，诉说着我们如何不属于这个世界。我们纷纷往后一退，我几乎听到妈妈在冲爸爸大喊：“我的老天，彼得，你要对我做什么？”

门全部打开后，工作人员关上蛋糕盒子，将它放到短短的传送带上，烤箱门“哐当”一声把妈妈关在了里面。里面没有窗户，我一直莫名觉得这个烤箱跟铸铁炉一样，里面会有个令人毛骨悚然的小窗户。但是，这里只有一扇厚厚的金属门，将妈妈隔在了另一侧，我们不能进去，而她也无法回来。

要花四五个小时，火化才能结束。

“好了，我受够了。”我几乎立刻说道。我有点儿头晕，虽然有一万种理由要目睹妈妈的火化过程，但无论是什么理由，我都觉得怒气难遏。我站在外面的柏油马路上，因为眼睛需要适应太阳强光，所以我蹲了下来，爸爸跟我一起出来，他揉着我的背。查理和阿蜜莉雅在里面又待了几分钟，不过很快就出来了。

查理比我小10岁，是父母逆转结扎之后的又一次重振雄风。我们俩在成长的过程中，从来没有吵过架，也没跟爸爸发生过争执，我们的童年没有这种经历。但是，我们倒是经常跟妈妈争吵。有很长一段时间，我跟查理都是这样。我跟她吵，可能是因为我跟她很像，个性冲动、要求高，又非常情绪化。查理跟她吵，可能是因为他是她的对立面，查理很淡漠，有时候妈妈会觉得他只有对她才这样。

我们四个手挽手朝车子走去，“对不起，”查理又哭又笑，阿蜜莉雅头靠在他身上，“我不知道那样做是好还是不好。”

“没关系，”爸爸说，“只要下次不那样做就好了。”

火化结束后，我们整个下午都往返于机场和家，接了好多通电话，晚上跟亲友在后露台上喝汤、喝啤酒、听音乐。一位很久不见的老朋友骑着摩托车驶到路边，她是从纽约赶来的，骑了一天才到。阿蜜莉雅的父母也来了，约翰的妈妈和姊妹都从很远的西部飞了过来，她们穿过大门走进来。邻居们端来了甜品。而与此同时，在这座城镇另一面的停车场后面，那个烤箱一直在运作。

我们举办了两场追悼会，第一场是在圣玛丽家小教堂里，父母以及我的朋友们拥挤地围坐成一个大圈，相视哭着笑着。孩子们坐在地板的垫子上，跟他们的朋友们组成了一个临时乐队，马克弹吉他演奏Everybody fields乐队的《在你身边》，孩子们给他伴奏。他们吹口琴，打对鼓，用手拍打着地板，完全沉醉其中。

我也跟大家说过，如果有人想穿亮色衣服，尽管穿，因为妈妈喜欢亮色衣服。她最喜欢的颜色是紫色，但她在去世前三天最喜欢的颜色变成了橙色。

“橙色，”她一直告诉爸爸，“橙色最好。”

“你想吃橙子？”爸爸回应她，他总是想办法喂她吃东西。

“不，”她使劲摇头，“我爱橙色。”

她去世前两晚做了个噩梦，梦到自己要被诱拐了。她醒来时很激动、不安，也很紧张。她一直做那个梦，服安定也没用，服止痛药也没用。“我们就想想橙色，”爸爸最后试着说，“就想橙色，什么都别想。”他揉了揉她的双脚，在凌晨3点，爸爸绞尽脑汁，把所有有关橙色的东西说给她听。最终，她的呼吸平稳了下来，再次睡着了。

一位朋友告诉我这事意义重大，因为在佛教中，橙色是一种高度进化的颜色，代表着光明（谁会相信那道光？）和本质，充满了智慧、力量和高贵之感。

妈妈一生都热切地喜爱紫色，然后在生命最后不到一个星期的时候，转而以同样的热情喜欢橙色。我很喜欢这一点，这很像她：很有主见，从不惧怕改变，无论是演变、取消还是变更自己的想法。妈妈最喜欢以此开始一句话“你知道你的问题在哪儿吗？”也很喜欢以“你知道我哪里搞错了吗？”开始一句话。

演奏结束后，查理读了一首诗，朋友们分享了关于妈妈的回忆。爸爸不喜欢在公众面前讲话，握着我的手坐在教堂温馨的长椅上。

我没有应妈妈生前的要求，在追悼会上念那首关于意大利之旅的诗，我很抱歉，但我就是做不到，没有听从爱默生的阿姨玛丽的建议。不过，因为我无法忍受看到别人不开心，我就讲了些妈妈过去也很爱讲的无聊荒唐故事。她说自己是滑稽事的磁石，身边总是发生那些荒唐事。比如，她卡在机场马桶上；大黄蜂飞进她的鼻子里；她铲狗狗便便时铲到了自己头发里；在旧金山时，她没穿内裤就带着还是婴儿的我去银行，然后填表时把我放在地上，我拽着她的嬉皮士裙子拽到了脚踝处，还不肯撒手。我觉得自己现在嘴里说的这些话，都是妈妈在说。

我讲故事时，悬挂在身后墙上的一幅圣母玛利亚图突然掉到了地上。众人纷纷倒吸了一口凉气，还有人大笑起来。“天哪！简[1]，”有人说，“算了吧。”

我们以无限的静默结束了这场追悼会，跟大家说随时都可以离开。之前策划追悼会环节的时候，我一直担心大家会觉得尴尬，或者不安，觉得应该跟其他人一样待久一点。我希望这里能有个锣或钟，可以在静默结束时敲一下，好让大家知道什么时候可以离开。

查理更加直接明了：“在死亡面前，我们尊重未知，尊重我们的不知所措，尊重死亡的神秘感。”他说，“虽令人不安，但这都没关系。”

“天哪！”我想，“我根本不知道死亡这件事，也根本不知道这一切到底该怎么进行。”

距离收到妈妈的骨灰还要几天时间。因为有一天早晨，殡葬师乔在车道上告诉我，遗体焚烧之后，类似高速搅拌机的骨灰研磨机会把人骨碎片研磨成大概四磅细沙。

追悼会结束两天后，乔捧着骨灰盒来摁我家门铃。他是趁中午休息时间回来吃顿简餐，灵车挤在我们两家之间狭窄的车道上。他的妻子乔茜是位全职主妇，在家照顾刚出生的宝宝，而乔正努力回归工作常态。他满眼倦色，充满了初为人父的震惊之感，透过我们两家开着的窗户，我每天都能听到那个新生儿的哭声。

“这是给你们的。”我开门时他说道，并交给我四磅重的骨灰盒。

“谢谢。”我说着，笨拙地用双手接过来，想夹在手臂里，但也知道那样不合适，“希望你们照顾小宝贝一切顺利。”

1　译者注：作者母亲的昵称。

“还好，”他笑着说道，“有点儿累，但她太棒了。”

15分钟后，我在厨房望着窗外。车道空了，我发现自己臂弯里还捧着那个骨灰盒，借助臀部平衡着身体。我把狗狗放了出去，并摆正了长沙发上的靠垫，列了张杂货购物清单，但我还是没有把骨灰盒放下来。透过纱窗，我听到乔茜在哼唱，温声细语地哄婴儿，漫不经心的曲调里充满了安慰与陪伴，这是最优美动听的音乐，我想象那是我来到这个世界时听到的第一种声音。

5

战利品

一天下午，我顺路经过父母家，给已经复工的爸爸拿了几份文件。妈妈的普锐斯停在车道上，她的皮包还挂在厨房内的椅子上。

“哦，还好，”我无法阻止自己胡思乱想，“她在家。”

家里养的一只小猎犬克莱德，已经老迈。它瘫在门厅那儿打鼾，头都没抬一下。家里寂静无声，铺满了下午的阳光，餐桌上的一株兰花正在盛放。一切好像还是原来的样子。我走进妈妈的卧室。

好像，这个词真鬼祟。

她去世后的几天里，我们都发现，卧室里还残留着一股死亡的气息，也不是彻头彻尾的难闻气味，而是像混合了最后几个星期、几天、几个小时的所有气味。乳液、次氯酸钠、熏香、药物、花朵和呼吸，还混合着其他味道，我想大概是腐败的气息吧。这气味在我的鼻子里残存了许多天。

妈妈是星期五凌晨4点左右在床上去世的。我们把她的遗体保留了两天，一直到星期天上午10点左右。星期五傍晚时分，临终关怀工作人员过来帮我们清理和打扮遗体，我们拉开所有百叶窗，大声地放着甲壳虫乐队的歌，给她穿上最新潮的衣服，在她周身铺满紫色花朵。她容光焕发，如果看到自己的皮肤这么光彩熠熠，她一定会被迷晕。

我没想到的是，她并不是一下子就离开我们的，我并不是在说什么神秘的方式。起初，她还在，虽然已经没有了生命迹象。但我每次进出她的卧室，都会想到她越来越不在“那里”了。她的手指在胸前弯曲的样子（是我有记忆以来最柔软、最纤细的手），她的嘴唇，她皮肤的颜色。星期天早上，她的双眼变成了保鲜膜的样子，再也不是她原来的眼睛了。

死亡的气息也是这样变化的。当我走进她的卧室时，看到里面干净清新，就像她之前打扫过的样子，其实她病入膏肓后，就将家务都交给了我们。清洁女工来过，印有金盏花的床单洗得很干净，有股清新的气味，四角平整。她的药膏在床头柜上整齐地码成一条线，旁边是她的眼镜和绿梳子，还有叠得整整齐齐的一摞摞背心和瑜伽裤，全都散发着清新的洗涤剂的味道。

我在她的卧室里转了两次，嗅着所有东西的味道，想要寻找她的哪怕一点点的味道，有机的、活着的或临死前的她的气息。但那种气息已然不在了，我站在那里哭了很久。

然后，我偷走了她所有的鞋子。

其实，我不知道自己怎么了，这种情况在她还没去世时就开始了。那时候她逐渐不能下地行走，我会过去陪她，趁她打盹儿的时候，四处翻她的衣柜，穿着她的拖鞋、靴子或木屐，而在此之前我从不留意这些。回家时，我就会带着她的一双鞋回家。

她比我的脚小半码左右，而且我们俩的品位都不太合拍，但我就是想要那样做。我把她所有的鞋都堆在一个大购物袋里，然后拖回了家。现在，我在自己的卧室里穿着她的鞋四处走动，脚趾都挤在一起。

6

红色魔鬼

孩子们非常讨厌我回去做化疗，因为这样我就没办法去学校接他们，没办法陪他们慢吞吞地去上钢琴课、游泳课，也没办法为他们准备零食，帮他们筹备班上的派对了。我很庆幸，他们庞大的自我中心主义尚且完好无损。

“医生不是已经给你做了很多次化疗了吗？”弗雷迪在晚饭时问道，“这次又是哪种？”

“这次是阿霉素，”我说，“是亮红色的，跟‘酷爱’饮料差不多红。护士把它叫作‘红色魔鬼’。”

“我跟妈妈会给你们带点回来试试。”约翰说。

“不了，谢谢。”本尼很是不快地说。

我跟儿子们说，这次化疗跟上次差不多。

“但这次你就没有你妈妈陪了，”弗雷迪一针见血，“要是我的话，肯定很讨厌这样。”

“没关系。”我说，“我有你们，你们好像有超能力，还有了不起的战术，说不定你们可以帮我对付‘红色魔鬼’。”

“但是他们俩很懒的，”约翰说，“他们俩只有在心情好时，才会有兴趣去征服魔鬼。”

“确实如此。”我说。

那晚，约翰发现儿子们在他们的上下铺上睡着了，灯还亮着。弗雷迪睡前在画漫画书，名字叫作“红色恶魔VS细胞讨厌鬼”。你应该猜到故事情节了吧……

7

劳动节

第二场追悼会是撒骨灰。劳动节那天，我们开车前往海角的家族度假别墅，会上来了几十位表亲和叔伯姑姑。这里是度假胜地，儿子们都兴奋不已，因为可以不用上学，可以再过几天暑假。山上已经慢慢变黄，小岛在海浪的侵蚀下逐渐棱角分明，大海也从淡淡的灰绿色变成了寒冷的深蓝色。

我感觉未来就要如约而至：没有了妈妈的9月，然后是新一轮的化疗，再然后，就跟被医生发配到治疗后的大海上一样，随风漂流，不知道会发生些什么。

我坐在门廊秋千上等待追悼仪式的开始，看到一只雌珍珠鸡惴惴不安地在草坪上四处啄食。它的头时而露出草丛，时而隐在草丛里；一会儿警惕地看着脚下，一会儿看向地平线，如此循环。在一个风和日丽的天气里，就这样晒着太阳无所事事，和风吹过干枯的草丛沙沙作响，海浪在海湾里拍打着，浪尖堆积出白色泡沫，而你却感受到冬天即将来临的气息，悲痛顿时涌上心头。我知道那是什么感觉。

这八只长得很有异域风格的雌珍珠鸡开启了这个季节。它们声调很高，身上点缀着斑点。岛上生着很多壁虱，而它们则是出了名的吃壁虱的鸟，非常美丽，却容易受惊。白天时，它们自由自在地在院子里漫步、下蛋，一起消失在高高的草丛中，叽叽喳喳地争闹，津津有味地吃着壁虱和其他虫子，隔一段时间就会莫名其妙地大声咯咯叫起来。

“哦，冷静点儿，女士们。”看到它们突然绕着角落转圈或疯了一样地蜿蜒穿过草坪，发狂似的冲向或躲开空无一物的地方时，我们通常会这样说。它们像一群互相讲鬼故事的小孩子，彼此越来越害怕。“你们没事儿，鸟儿们，不要担心。”

晚上，我会把它们关在悬崖边的鸡舍里，它们就安静地栖息在那块冰河世纪留下来的大圆石和晾衣绳旁边，免得被在小岛海滩上徘徊嗥叫的土狼吃掉。妈妈去世之后，我有时甚至能在那里感受到她的鬼魂，旁边还有画着美人鱼的户外淋浴房，那儿是观看渔船、帆船和载着游客穿梭往返于小岛和葡萄园的渡轮的前排观景点。

初夏时，珍珠鸡在毒葛丛中筑巢，就在去谷仓的路边。一天，这些珍珠鸡在乱腾腾地拍动翅膀咯咯叫过一通之后，路边就出现了一群毛茸茸的小鸡。我们才发现这些珍珠鸡不一定都是母鸡。

如果一只珍珠鸡死了，或者说马上要死了，其他的珍珠鸡就变得不那么机灵了。孩子们整天跑来跑去向我报告小珍珠鸡们的状态，吵着要给它们取什么名字，讨论每只珍珠鸡的个性。孩子们试探着警惕性最高的珍珠鸡的警戒线，但绝不会越过，以免它们呼啦啦扑着去啄自己的头。然后，孩子们再去观察情况的时候，发现鸡群的骚动更加严重，叽叽喳喳的声音变成了警报。孩子们看到一只鹗从天上猛冲下来，抓走了一只小鸡，那只小鸡不知道是叫克拉伦斯、罗伯托，还是小绒毛球。孩子们大声尖叫起来，自己也做拍翅膀状。

几分钟后，鸡群又闹腾起来，孩子们拉着大人去应对这场逐渐演变发酵的危机，那只鹗又回来抓了一只鸡，然后又抓了一只。

我们冲着天空大喊：“马上停止！”然后所有的珍珠鸡都尖叫起来。孩子们冲着天空丢棍子，那只爪子里握着小鸡的鹗盘旋着升空飞走了，消失在山峦和灰绿色的海浪之后，像个安静的纸飞机一样静默无声。就算我们费了九牛二虎之力，还是失去了所有小鸡。我们走回屋子里，跟他们解释生命的循环，声音里带着犹疑。

在这之后，我们就对这些珍珠鸡的易惊喧闹比较能容忍了，并对它们持续的暴躁产生了一种亲情。当这些珍珠鸡里有一两只鸡落单并开始咯咯叫时，我们就会跟它们说：“等一下，你们很快就找到同伴了。”然后我们就伸长脖子四处找，直到发现那群珍珠鸡正从船屋那里走来，或从门廊底下钻出来。

夏天一天天过去，它们也一只只消失了，因为灾难不时发生，草丛里不时散落着深灰色的羽毛。我们过去也失去过几只珍珠鸡，但从没在这么短时间内失去这么多只。珍珠鸡互相靠得更紧了，甚至咯咯叫得更大声、更刺耳了。我们每晚都会清点数目，确保它们都挤在鸡舍里，并关上门，然后才会松一口气。当只剩下最后一只珍珠鸡时，叔叔在悬崖边发现了一个狐狸窝，距鸡舍大概有75英尺远。

最后一只珍珠鸡白天在门廊下和小路旁忙来忙去，在草丛中穿来穿去。它从不停下，直到每晚天黑后，它才独自返回鸡舍。作为同族最后一只还活着的珍珠鸡，在这座夏末逐渐萧肃的大西洋小岛上，好像很难找到平和之感。它在想什么？它内心的恐惧肯定大过一切。它偶尔会站在山顶上对着这个世界大声地咯咯叫。风在吹，阳光照耀大地，孩子们和狗狗在草坪上嬉闹追逐，却没有它在意的生灵回应它。

我看着这只珍珠鸡想起了做过的一个梦。梦里的我独自待在一间白色的空房间里，我能听到弗雷迪和本尼在聊天，然后他俩吵了起来，不知道是谁先哭起来。但我看不到他们，也说不出任何话。

中午时，爸爸庞大的家族里来了大概60个亲戚。这么多年以来，这个大家族成了妈妈的家人，还来了很多她最爱的人，他们聚在妈妈最喜欢的旗杆旁。我喜欢在这里回忆她坐在阿第伦达克椅里跟女眷们聊天，回忆她俯瞰着远方的海面大笑。

微风吹来，山上阳光和煦。我们违反了国旗法案，因为降半旗需要国会出台法案或有总统令，而我们则是应弗雷迪和本尼的要求这么做的。这样的事，祖父是不会允许的，但时代变了。

1974年，妈妈从旧金山返回东部途中，第一次造访海角别墅。当时祖父母还精神矍铄，大权在握。一次，他们一家人骑马去野餐，精神饱满地进行清理步道的探险（他们亲切地称之为“砍草派对”），之后大家都聚在客厅里喝鸡尾酒。祖父喜欢滔滔不绝地讲故事，比如哈佛的恶作剧、赛艇、借助强健的体魄所取得的功勋等，还有那些拜倒在他魅力下的女士。

妈妈坐在塞满了马鬃的粗笨垫子上，从身旁宽阔的落地窗眺望着大海和沿着“葡萄园之声”而建的祖上遗留下来的别墅。她环视了房间，把酒杯放在曾属于爱默生孙子的木柜子上，抽出一根烟，用火柴点上，吸了这世上最长的一口烟。我相信之后的四十年，她都在品味这间房里的安静以及看到祖父时的震惊情绪。壁炉架上方的那幅肖像画中，爱默生的脸上挂着淡淡的笑容，这说明这位“康科德圣人”自己还未恢复——“永远做你害怕去做的事”。

爸爸的家里有六个男孩和一个女孩，他是最小的那个，也是最不傲慢的那个，他找到了自己的标签。他不知道自己是想消失还是想庆祝，但他知道跟她在一起，有了家的感觉。

爸爸也站在旗杆旁，就在我的身旁。我能感觉到他在颤抖，他轻声地对我说谢谢。我想大概是谢谢我安排了这场追悼会吧，也大概是因为我还在这里。我的手放在弗雷迪和本尼的肩上，他们俩因为受到所有人的关注而兴奋地扭来扭去。约翰的手放在我的后腰上，我们家以这种方式，彼此扶持，站得笔直。

首先是爸爸，然后是查理和我，我们都握了一把妈妈的骨灰，面朝大海，扬在微风里。弗雷迪弓腰跳起，假装投出一个快球。人群排着队慢慢地移动，我们看着每个人轮流撒骨灰。有片刻的时间，微风将每一把骨灰带到空中，像个美丽的幽灵一样注视着我们这一群人，眼看着就要飘到我们跟前，却被风吹走了。有时候，空中的骨灰会形成一个可以辨认的形状，有时候又是全然陌生的样子。

8

避暑别墅

这就是我们的避暑别墅。这里有野餐餐具，抽屉里放满了不太锋利的刀。绳子上晾着白床单，在凉爽的天气里就像是船帆，也像是走失的灵魂。如果想象力再丰富一点，还可以将其看作翅膀，它被风吹得鼓胀起来，盈满了整个院子。

这里有70岁的鹿角、玻璃浮标、微型鹅卵石堆、泛黄的平装书、西洋棋，残破的信号旗、谷仓屋檐下家燕垒的结实小窝。

这里有只突然俯冲、盘旋、叽叽喳喳的燕子，它急着回巢喂那四只嗷嗷待哺的小燕子。

这里是一条通往墓碑的小路，像一张假地图，又像个恶作剧，还像一种未来得及收尾的思绪。新郎曾在这片草坪中找到了新娘。回忆汹涌袭来。我们在这里，做喜欢的事。

在这里，孩子躺在我的大腿上，睡梦中听到舷外发动机的哀鸣声。门廊那里结着圆圆的甜李子，我们在这里咬破果皮，就像猛然打开一道门，像洪水，像来世。

在这里，孩子们玩着沙丁鱼游戏，一个个纷纷缩进一片漆黑的壁橱里，直到剩下最后一个孩子还没进入房内，他大喊着，在一片安静中感受到其他人都已经找到了彼此，他的手就要握住门把手。

9

我也一样

金妮写道："我们周围有很多琼·克劳馥[1]这样的人，还有我丈夫这样的浑蛋，而你的妈妈却去世了，这简直是胡扯。"

几年前，金妮的爸爸去世了，自杀。她知道什么该说，什么不该说。"我们把亲爱的爸爸的骨灰撒进了博福特河里，天空中盘旋着三只鹗（他很喜欢鹗，因为这种鸟是由雄性负责照顾小鸟）。他的骨灰重归大地，非常了不起。"

为了保险起见，医生把金妮没长癌细胞的那只乳房也切除了，但是那侧乳房的重建手术出了大问题，发生了感染，医生不得不取出乳房植入物，等情况稳定再试着植入。目前，我们俩总共只有两只左乳房，只不过我的是真的，她的是假的。

"妈妈去世带给我的感觉，像极了胸口上的这道疤痕。"我给她发信息，"有时我都不知道自己感受到的到底是哪一种痛。"

"我懂的，"她说，"我也一样。"

---

1 译者注：好莱坞女星，以私生活不检点而闻名。

10

嘿！你好呀！

我从妈妈那里顺走的另一样东西是她的蓝色沙滩车。爸爸将车调整得非常适合我，骑着非常舒服，不像妈妈的Teva凉鞋那么不合脚。

化疗开始了，我又要输入类固醇了。趁孩子们还没有放学回家，我骑着车沿着山上的门登豪尔街一路疾驰，没有握刹车。我沿着蜿蜒的林荫路前行，有虫子飞进嘴里时，我才发现自己一直在大声狂笑，上气不接下气。

回家路上，我不得不推着自行车往门登豪尔山上走，路过一位正在遛狗的邻居时，我冲他说："嘿！你好呀！"他看着我以及我像犯心脏病一样红的脸，茫然不知如何回应。随后我深深吸入一口气，继续说，"我是妮娜，绿房子红门的那家，得了乳腺癌的那个。"我为什么要说最后这句话？

他终于想起了我。"哦，你好。"他说，"你还好吗？"

首先，我回答他："哈哈，当然，完全没问题。"

其次，我不知道，真希望当时有第三个人在场，那样我们就可以问他这个问题。

11

这不公平

就在所有头发脱光之前，我的头皮开始疼痛，像扎了很久的马尾辫那样。甚至在头发掉光以后，我徒劳地在空中乱抓，像揉头发那样，还是无法缓解那股疼痛。

追悼会结束后的第一个星期五，约翰跟我找了个保姆，然后跟马克、安妮，还有爸爸去酒吧聚一聚。进去之前，我在车里坐了几分钟，使劲甩了甩头，希望让已然脱落的头发能松一点儿。我们坐在桌前，我的情绪明显比离家时要不对劲。我拼尽全力不让自己痛哭流涕，安妮握住我的手，她问我感觉如何。马克说："这不公平。"

爸爸妈妈跟马克和安妮每逢星期五晚上，都会约在一起，这种习惯几乎一直延续到妈妈去世。在她生病不舒服到出不了门后，妈妈和安妮会在家里的"沙龙"间聊天，马克则会和爸爸去街角的酒吧。然后，喝一肚子鸡尾酒之后，他们俩会再聚在一起吃东西，有时候也会在妈妈床前。这时候，妈妈也会小酌点杜松子酒和奎宁水，大家都笑得抬不起来头，说着黄段子，有时还会唱歌，演奏曲子，一直到过了休息时间。

妈妈最擅长讲黄段子。从中学到成年，我跟查理常常因为她说的黄段子感到无地自容。“你怎么让一个女人尖叫两次？”“飞行员对空姐说了什么？”不出所料，她这个人最不会挑时机讲，总是把笑话讲得很尴尬，令黄段子更加好笑。

在酒吧里，我坐在爸爸旁边，替代了妈妈，但她从来不会像我这样哭。换作是她，就算癌细胞已经侵蚀到骨头，她还是会逗得满桌人大笑。

12

小砖房

新一轮化疗开始一个月后，我们返回马萨诸塞州参加家族婚礼，把孩子们留在家里让朋友照看。我把头发剃得干干净净，光头参加婚礼彩排的晚宴，见到了我的阿姨卡米，她已罹患乳腺癌两次。她拉我入怀，揽着我摇了一会儿。

我们跟爱默生家族的表亲住在康科德，他们家距我们小时候住的地方仅隔着埃斯特布鲁克森林，走一小会儿就可以到。我们的家是一座小小的砖房，是曾祖父母的房产，当时离查理出生还有很久。穿过庞卡塔瑟特山、一座可以滑雪的山、哈钦斯湖，越过鬼影幢幢般的白桦树林，穿过草地，一路沿着防火路往上走，我的亲戚们就住在旷野对面，我已故的曾祖父母的房产中，还有更多亲戚住在这条路前面的一栋房子里。

几十年前，这处房产已经卖给了有资金维持此处的家族。现在，豪华的马厩就盖在原来谷仓的位置，还添了一栋整洁崭新的木瓦农舍。那里曾经是曾祖父母凌乱无序的宅子，是栋高大但杂乱的三层楼，配有后楼梯，里面还住着一个名叫达顿先生的鬼魂。旧车道是我跟表亲们一起学骑自行车的地方，现在已经改建成了一个缓缓的斜坡，这简直就是回忆的恶作剧。但旷野的另一头，那座小砖房依然屹立在那里。

爬满玫瑰的架子、周围一圈尖桩篱笆、屋顶的采光窗、亮蓝色的门，比过去更加古色古香，但依然清晰可辨。我和约翰沿着防火路朝它走去，小砖房里好像空无一物。

妈妈经常说，我们住在这里的那段时光是她人生中最幸福的时候。这样说有点儿奇怪，因为她是在巴拿马出生长大的，后来从加利福尼亚辗转搬到这座北方的小房子里，还经历了降雪最多的一个冬天。1981年冬天，大雪一直下到4月，大到前所未见，我跟妈妈在梦里都没见过这样神奇的景象。4岁那年，11月的一天早上，我睡在后门旁用毯子临时凑成的床上，醒来后，吹来一床风雪，晚上的暴风雪把门都挤开了。我记得自己的脚趾冰冷潮湿，就爬上了爸爸妈妈的床，用他们熟睡中温暖的身体暖和我的脚。后来，爸爸修了个通往阁楼的楼梯，阁楼就改成了我的卧室。

爸爸教我跟妈妈越野滑雪。每次我们坐在后露台上系紧滑雪板，不需几分钟便消失在埃斯特布鲁克森林静谧茫茫的雪地里。后来，就算我当时才5岁，都觉得这种生活太过简单，无以为继。如果晃悠晃悠来到谷仓，你会看到鸡，看到一位叔叔在修理拖拉机发动机，还有做了一半没完工的风筝，会听到爸爸在田野对面砍木头的回声。记得有一次，我跟表妹邦妮在砖房旁边的院子里挖洞时，听到了一声尖叫，然后又听到了大笑声，原来是妈妈从花园那里传来的。妈妈踩到了一条花纹蛇，并被它咬了一口。“你真勇敢。”我记得妈妈在厨房边洗莴苣边冰敷脚踝上的伤口时，我这样对她说，“我真不敢相信你被蛇咬后活了下来！”

我内心焦虑的种子最早是这么种下的：第一次上幼儿园的前一晚，我躺在阁楼的床上，不敢翻身，不敢深呼吸，因为我害怕听不到火烧起来的第一下噼啪声——起烟着火的第一迹象，我们家有可能被烧成灰烬，那我就再也没机会上幼儿园，隔天也不能跟邦妮一起穿崭新的红色高翻领毛衣和褐色灯芯绒裙子了。那些衣服已经摆在我的梳妆台上。

两年里，祖父母的癌症扩散至全身。大人会越来越老，他们考虑事业，考虑下一步该怎么走，考虑有自己的房子。埃斯特布鲁克森林的房子要出售或修整。妈妈开始逐渐蔑视冬天，因为冬天令人觉得与世隔绝，要穿很多层衣服，跟北方人的内心一样冷漠。

“跟你聊你的感觉，就像是在结冰的路上往下滑。”她常常这样跟爸爸说。“听上去挺有趣的。”爸爸往往会这样回应。后来的35年里，他们之间的关系“滑倒”，维持一阵子，“滑行”，再“滑倒”，反反复复。

“给我在台阶这里照张相好吗？”跟约翰在这座空砖房周围踱步走向后露台时，我问。我记得自己跟邦妮把一只喝麦片的碗埋进了土里，希望数千年以后人类学家会发现它，借此开启这个文明。

我调整了下化疗帽。

“生命是个过程，而非车站。”我的高曾祖父爱默生如是说。1837年，当时距他在自己家里去世还有45年，从这里往前走一段就是他当时在这座小城的家。他在日志中写道：“我在清醒时说过：醒醒睡睡过后，我会因病躺在这张床垫上，然后死去；我愉快地穿过入口，他们带着我这具遗骨。到那时我会在哪里？我抬起头，看着早上从幽暗的群山照向无垠的宇宙中去的橙色光线。”

橙色。“你一直都朝着某个地方孜孜前行，但你会不会觉得永远都无法抵达？”蒙田问。

13

淡淡忧郁

约翰有项任务，他要找那种能叼东西的动物，不过这样倒是将事情复杂化了。“你觉得这个怎么样？”他正在读今天早上收到的第五封电子邮件，里面有领养宠物的链接。“它喜欢快步走、喜欢小孩子。它阴囊感染正在恢复中，喜欢挖洞。但除此之外，它堪称完美！”

我想，我并不阻止约翰继续找下去，因为这些天我想买一只可以抱着和靠着的动物。我们的老拳师狗埃莉可不能让我靠着。

所以我们驱车三个小时前往夏洛茨维尔，收养了布卢，一只澳大利亚牧羊犬。

我喜欢爬坡驶上弗吉尼亚29号国道，这是一条并不拥挤的小路，路旁有很多家庭餐馆，有昏昏欲睡的服务区，赫特和泰斯奎兹小镇，和卖地上泳池、仓库、装卸卡车的商人。沿路还有部分改建成另一个蒙蒂塞洛[1]的大型农场，无数的十字架，冰雪皇后快餐连锁店。

儿子们想给布卢取个新名字，坐在汽车后座上的他们一路上都在

1 译者注：杰斐逊总统故居。

说："我们能不能叫它马弗里克？能不能叫它谢里夫？能不能叫它阿尔贝托？能不能叫它奥普斯汀？"

回家的路上，我坐在后座上，坐在大腿上的这条新狗狗一直在舔我的脸。我没有觉得路途有三个小时那么远，因为我爱上了它肚子上密密麻麻的黑斑点，和弗雷迪口中所说的"男孩子气的眼睛"，还有它腼腆、聪明的脸。它从身后舔儿子们的耳朵，引得他们咯咯大笑。它痴迷地看着人们一个个从加油站里出来，当走出来的人终于是约翰时，它开始呜呜吠叫起来，兴奋地来回扭动，就好像已经认识他好多年。

我跟约翰在后视镜里眼神相碰，我不由得冲他笑。"叫潘乔怎么样？"我们开到林奇堡附近时约翰说道，好像很适合它。

"潘乔，你叫潘乔了，"我对狗狗轻轻说道，"而且我们是一家人了。"

大家都很开心，好吧，除了埃莉，它趴在驾驶座后面静静地、慢慢地精神崩溃。

两只狗狗在夏洛茨维尔初次碰面时，似乎彼此都很冷淡，在家过了一天一夜后，它们逐渐演变成了不共戴天的敌人。它们不能同时待在一个房间里，不然，潘乔就会欺负埃莉，会咬它，埃莉颤抖着到处躲。后来，我们抓住了想要挖洞跑出后院的埃莉。

次日早上，我们去咨询狗狗行为学家。"我可以修复它们的关系，"她说，"但有点儿棘手，而且到最后这有可能对两只狗狗都不是好事。换作我，我会把它送回去。这个世界上还有很多被遗弃的好狗狗，你们要找到适合你们家所有成员的那只。"

儿子们难过极了，他们早就在商量怎么搭个斜坡，让潘乔睡在他们的上铺。我们把这个不幸的消息宣布后，他们把潘乔带到院子里，他们一起打篮球，玩了将近一个小时。弗雷迪投篮，本尼东奔西跑把院子里的叶子到处踢，狗狗则跳起来顶篮球。我用手机拍下了他们玩的场景，保存了下来，结果事情越发糟糕。

次日，约翰带两个孩子上学后，我和潘乔就启程前往夏洛茨维尔了。埃莉藏在卧室椅子底下用来尿尿的新箱子里，不肯出来。

一路上，我们听着美国国家公共电台和保罗·西蒙的声音，车里也没人不让我们听。潘乔喜欢听《非洲天空下》，但因为荷兰人将马来西亚飞机在乌克兰上空失事的事件报道得不清不楚，它有点生气。

透过车窗缝隙，它精力满满地嗅了嗅弗吉尼亚的早晨，然后呜呜地叫了一会儿，最后身子别扭地搭在变速箱和副驾座位上，头枕在我腿上睡着了。

你在开车时，一只狗狗头枕在你的腿上睡着了，跟这个相反的是什么？

来来回回共四次，最后开回家的那段路，我开得最慢。我多半都在想工作和待办事项，又哭了一会儿。第二天，我要赶去杜克中心见放射肿瘤医生，聊下一步的治疗计划，所以我脑子里还在想肿瘤和癌细胞的事，还在想如果他们尽了一切心力，癌细胞却依然留在我体内，医生究竟会跟我说什么。

我想："此刻，这就是悲恸。"我感觉妈妈远在百万英里之外，那个距离永恒而不可言喻，我受够了总是如此担惊受怕，总要失去什么。我在想这一轮化疗过后我头发掉光的那天，我为什么不由自主地重写了乔伊斯《死者》的最后一段，用头发代替雪花：

头发又开始掉落。她无精打采地看着银棕色的头发，一根根斜斜地落在灯光下……也落在床单的每一个角落和浴室的地上。洗手池里漂着厚厚的一层，淋浴下水道也积了很多，木地板缝里、洗手皂上也满是头发。她听到自己的头发无声地在这个宇宙里飘下，虚弱地坠落，就像坠落到最终点，落在所有生者和死者的身上，她的灵魂也逐渐昏厥。

“那就是悲恸，”我对自己说，“让我们的心灵变得黑暗，变得有点疯狂。”

那时，我正在拖延返回格林斯伯勒的时间。我没有直接回家，而是径直开往塔吉特百货，因为我原本就计划为弗雷迪的巴拿马社会研究项目买海报板。

在塔吉特，我又丢了样东西：我的钱包。由于我一时兴起（跟你说吧，有点阴暗，也有点疯狂）在格雷格列表上卖了我继承而来的餐桌，所以我的钱包里异乎寻常地塞满了钱，但我把它落在停车场的购物车上了。

我是在车开到半路时才发现的，然后像个疯子一样开回战场大道。购物车还挤在归还区，钱包却不在里面。我又翻遍了我的车里，也没有找到。我想我走进店里时，盯着保安的眼神一定非常狂躁，所以她马上就朝我走过来，严肃地说：“夫人，有需要我帮忙的地方吗？”

钱包在他们那里，有人刚刚把它交上来——是一位年长的女士，其实她还站在那里。从她脸上的表情，我看得出来她显然已经看过里面的现金了。“遇到我，是你走运，”她轻轻说，“要不然你今天会过得很惨。”

我往车那边走时，钱包里传来短信的声音，是约翰。

“你回来了吗？快看看这只狗，它很聪明，很低调，跟其他狗狗也很合得来。而且，看看它的耳朵！”

于是我就坐在停在塔吉特停车场的车里，车门还开着，我点开链接，因为我们目前就是在找狗狗。

14

赎回

约翰终于在莫克斯维尔的一个收容所找到了我们的“理想狗狗”，距格林斯伯勒约一个小时车程。狗狗是一只柯基和柯利牧羊犬的混种，它长得有点滑稽，因为根据网上的照片，它长着个巨大的黑色幸运龙的头，配着一身白毛，短小身材，像是修过图。它叫阿祖。一个上学日的晚上，约翰和我爸爸下班后，跟孩子们还有我挤进车里，前往收容所，压得车子咯吱响。孩子们一直在号叫“阿祖祖祖——！”埃莉坐在后座上发抖，还没有从布卢给它造成的心理创伤里走出来。

一个叫托尼的男人将我们带到一座没有标记的仓库里，里面铺着斯特罗特夫人工草皮，摆着二手的教堂椅子。他让我们安静坐好不要动，然后从小型卡车上取下来一个狗笼。托尼接近七尺高，有一种不同寻常的准军事化兼嬉皮气场，他不太像一个收容所所长，更像是个管理员。

“我今晚带来了三只狗狗，”他说着走在我们前面，踩在草皮上，“一只是阿祖，就是你们要求收养的那只；一只是乔丹，柯基混种，你们也很感兴趣；还有一只不知道名字，它刚来我们家农场，还没挂到网上，不过我想我还是把它带来，以防万一。我会一只一只放出来，让埃莉见见它们。不要让孩子们冷不丁动起来，得等狗狗在屋里放松下来。”

埃莉蜷缩在教堂椅子底下，像个疯女人一样粗粗喘着气。

我们喜欢阿祖，它跟照片里一样，毛色像是拼起来的，很奇特，而且埃莉和阿祖也互有好感。但是孩子们一靠近，阿祖就躲到托尼的双腿间紧张兮兮地颤抖吠叫起来。“我想阿祖可能喜欢精力没那么旺盛的家人。”托尼说。

乔丹进来时像一只回力网球，在墙上和椅子间弹来跳去，越过门边的小障碍物，跳到爸爸的腿上。孩子们咯咯笑个不停，埃莉躲在角落里发抖，吓到尿出来一点。

神秘狗狗出场时，我盘腿坐在地上，本尼坐在我身上。它闻了闻我们俩，一下子扑到我们身上。埃莉过来闻了闻它，摇了摇尾巴。它毛发特别蓬松，看起来像只大提线木偶，也像是穿着狗狗样式的连体睡衣。“不知道，”托尼说道，“这个家伙好像在告诉我，一定要把它带给你们看。”

抱了它15分钟，我费了点力气从地上站起来，我正在进行最后一轮化疗，身上很疼，后背时而会不舒服。爸爸伸出手拉我，“大提线木偶”躺在我脚上。孩子们蹭着它的肚子。约翰和我对视了一下，眼神中充满了希望。

“我看到你头发掉光了，”托尼头一次直接对我说道，“很像我妻子，她得的是卵巢癌，已经过了地狱般的一年，几周前我差点失去她。”

他告诉我，他妻子的病还是他们家狗狗发现的。“它一直嗅她腹部上的一个点，有一天差点攻击那里，它跳到她身上，用鼻子撞那里，后来她就去了医院。果然，医生发现了一个葡萄柚大小的肿瘤。”

“真不可思议，”我说，“在我们需要的时候，狗狗自然知道怎么照顾我们。”

“我想你们找到最适合的狗狗了。”托尼说。“大提线木偶”正和埃莉一起在椅子底下嗅什么东西。于是，我们收养了它。

开车回家路上，我们讨论该给它取什么名字，我想叫它蒙田。

“别惹人讨厌了。”约翰说道。最后，我们决定叫它麦克达夫。

15

迷离时空

秋天一个星期六的下午，爸爸骑着一辆红黑色摩托车驶入我们家的车道。我站在院子里，起初都没有认出戴着头盔的人是他。

“我做到了。”他说着摘下头盔，但没有要下车的意思。这辆摩托车是他从乡下一位退休警察那里买到的，是本田焰影，很漂亮，附带很多装置，比如：后备厢、皮护腿套裤、手套，还有几个头盔。我马上就猜到，爸爸买摩托车肯定是跟妈妈立的生死约定，她一定这样说过：“除非我死。”而爸爸肯定也赞同：“好。”“想不想去兜兜风？”他问。

我爬到后座上，双手搂着他的腰，往小镇北部驶去，经过古老沉寂的革命磨坊，迂回驶过吉尔福德县北部区域，飞驰在秋风呼啸的路上。我戴着头盔靠在他背上，感受太阳温暖着我的手臂和双腿，感觉全身充满了年轻的活力。有人在自家的院子里焚烧落叶。引擎轰隆作响，无须说什么话。那是悲恸，我心想。有时候，悲恸并不黑暗，也不疯狂。回小镇的路上，我们路过临终关怀所。妈妈去世几个星期后，我跟爸爸一起坐在僵直的布面椅上，在一位二十几岁的哀伤咨询师面前痛哭流涕。妈妈过世后，我们经人介绍找到这位咨询师，她的手握起来像丝巾一样柔滑。

爸爸跟她说，他一直在看老剧《迷离时空》，一集接一集地看。

“有时候看多了，”他说，“我就好像分不清现实和电视剧情了。”

“我完全想象得到。”我记得她说过，“也许别一次性看那么多集，除此之外，都算正常。我喜欢提醒大家，你所有的感觉都完全正常。”

16

对称

卡西诺医生根本不想让我做乳房重建手术。

“那是痊愈之后要考虑的事，”她告诉我，“我们还没到那一步，而且我不想让你的免疫系统分神，只想让它集中精力对付癌症。”

她说得有道理，但我有时候真的怀念两边对称的感觉。我往乳罩里塞了个乳房样子的手缝的垫子，本尼在我的梳妆台上看到这个垫子时，把它叫作“小粉怪”。

不过，“小粉怪”凹凸不平，鼓鼓囊囊的。有一天，麦克达夫偷跳上我们的床，发现了“小粉怪”，然后咬坏了它，最后零落在走廊里的几片湿漉漉的棉絮就是证据。

本尼震惊道：“可怜的‘小粉怪’！它那么软，那么实用！我永远都不会原谅那只狗狗！”

约翰打电话给驯狗师，我打电话给卡西诺医生的护士，问她有没有一劳永逸的方法，找一种麦克达夫不太想吃的东西。卡西诺医生给我开了义乳的处方，让我去找癌症中心一楼礼品店的阿莱西娅。

蒂塔陪我一起去。我们找到阿莱西娅，但她当时并不在礼品店，而是在礼品店后面一间无窗房内，那是她自己的房间，里面堆满了盒子、文件柜，衣架上挂着各种样式、尺寸和材质的特制乳罩，装满义乳的抽屉一层又一层。所有乳罩都缝了个口袋，可以从一侧或两侧塞进义乳。

阿莱西娅跟我们打招呼，仿佛好久未见，将我们俩抱在她胸前，这是到目前为止这间房里最令人印象深刻的跟乳房有关的东西。

“欢迎！”她说，“我给你找一个乳房！”

她跟我说根据我的保险，我可以选六个乳罩和一套义乳，有黑色、白色、肤色，一件无肩带的，一件运动乳罩。

“你想穿蕾丝的性感乳罩吗？”蒂塔说。我想象了下约翰俯视着不着寸缕的我的样子，看我的身体，看我被切除了一只乳房的不对称的身体。

“不了，”我说，“不太想要那种。”

我又选了一个黑色乳罩，上面带着个蝴蝶结，色泽最不起眼。

我们用手指戳义乳选择，揉不同密度和形状的义乳，那感觉介于记忆海绵枕头和气球之间。

“这是新款，防水的，”阿莱西娅在我们四处看时说道，“而且外观不容易变形。”

我们咯咯笑着握着义乳，不知道该选哪个，不知道哪个最适合自己的身体曲线。我让阿莱西娅替我选，她选了一个精致的方形盒子，上面写着金字：就是我。

“这个是由发明芭比娃娃的女士做的。”阿莱西娅跟我们说。

“哦，那么就是它了。”蒂塔说。

我回到家，戴上义乳，穿着紧身T恤，像模特儿一样展示给约翰看。

“你觉得我制造的视错觉怎么样？”我问，“奇迹般出现的女人。”

“很美，”他说，“可我仍然喜欢你不穿上衣，就算两边不对称。”

“啊，”我说，“撒谎。”

不过我同意他的话。能够让别人觉得我两边对称，我很感激，但有时我更喜欢这种单侧、带有凹陷和伤疤的不当之感。这是真理，是件手工制作的东西，是一种可以让我用双手去感受和清查自己失去了什么的方式。

17

不是僧帽水母

妈妈去世后，过第一个比较重大的节日时，我们在海边租了间海滨别墅。我早早起来做馅饼，爸爸和约翰照料火鸡。海滩上很冷清，不过阳光很充足，还有很多死掉的螃蟹。孩子们一直跑一直跑，直到力竭。

一天早上醒来后，在视线可及之处，我们看到一串水母随着海浪漫无目的地漂荡。这不是僧帽水母，但也不是透明的，所以是有害的。

“我知道水母有点诡异，但我喜欢它们，”弗雷迪用木棍戳着一只水母道，“我喜欢它们让自己随着水流漂荡的样子，好像总是准备好要去冒险。”

“我喜欢的是从外表可以看到它们漂亮的红心。”本尼说。

“那不是它们的心，本尼！天哪！”弗雷迪纠正他，“那是它们的刺！”

“哦，”本尼说，“好吧，如果是刺，它们在冒险的时候就不容易受伤了。”

此刻，我们越发接近我一直以来试图理解的一件事：拥抱恐惧。我们都是心，也都是刺。我们乘着风浪，我们相信会有阻力。我们随波逐流，又拼死抵抗。

弗雷迪和我拿着木棍在湿润的沙滩上写下癌症和糖尿病。我们承认，这些病让我们变得更强大，不过我们已经准备好跟它们说再见了。然后，我们就站在那里，看着这些字被越涨越高的潮水冲走。本尼写的是“便便”。

“怎么了？”他咧开嘴笑着说，“跟便便说谢谢和再见也挺好的啊。”

18

你是羽翼下的风

过完感恩节，我开始了为期一个月的放疗，圣诞节就可以做完。弗雷迪很喜欢熬夜读原子和夸克的书籍资料，而且不幸的是，这阵子，他心心念念地要当个“亿万富翁武器发明家”。本尼有一整本配方笔记簿，上面写的都是他想象出来的如何将人类变成各种各样的动物的配方（威尔斯柯基犬尾巴上的毛、豹猫的口水、巧克力屑、海盐）。如果将他们从暗黑科学的王国推向医学科学的领域，貌似也没有违和感，起码将来他们还有可能赚点儿钱，所以我决定带他们去看一看医疗仪器。

我的放疗肿瘤师罗森布拉姆医生也有个小儿子，她觉得这主意不错。

“务必要跟你两个儿子说，这部仪器叫作‘直线加速器’。”在我开始放疗之前，她这样对约翰和我交代。

“哦——等等——他们俩几岁来着？8岁和6岁？嗯，跟他们说，我们将使用激光引着光量子还有电子指向正确的部位，雷达也是用的这种技术。我们全部从远程指挥中心闭路监视器上操作！而且每台仪器价值百万美元！”

她双眼放光，有点儿太刺眼。

晚饭时，我把放射肿瘤医生说的话，尽可能轻松地告诉儿子们。

“唔，”弗雷迪有点儿感兴趣，“你因此获得超能力的概率有多大？”

“我想也并不是没可能吧。”我说道，自己也有点兴奋了。

“我有两个问题，”本尼说，“放疗是种技术吗？治疗的时候会掉头发吗？”

本尼又在操心我会不会再长出头发了，几个月来他十分关心这件事。他每天早上都会爬到我们的床上来，兴奋地拍着我刚冒出的头发。“你们这帮小毛球最柔软了，我要把你们都揉起来。”

“对！”我说，“放疗其实就是一种超高科技！一点儿也不会影响到头发！”我听得到自己语调里的所有感叹号。

一星期后，老兵节到了，孩子们不用去学校，约翰也放假了，而我不得不去杜克。我心想，这个机会真是好极了。我们开车载着全家人去达拉谟，像个新潮的美食家一样在第九街吃顿午餐，翻阅“管理者书店”的实体平装书，带孩子们去参观杜克大学医院园区，还有那栋了不起的哥特式医院建筑，它在拯救我的生命，我和他们的外祖母在此度过了那么漫长的重要时光。除此之外，这里还有科学！

走出电梯走进候诊室，我的第一“蜘蛛侠”直觉就是，老师们不会定期带兴致勃勃的小学生们来参观医院的治疗设备，也许是有道理的。我每天都会在候诊室里等待，那里有我的固定座位，我跟固定的人打招呼聊天，然后进行固定的治疗前准备流程。

放疗是在地下室00层进行的，大厅里有架三角钢琴，上面放着一位医学生的双肩背包，他正在弹奏《你是羽翼下的风》。

突然间，我发现那里有很多很多轮椅，有很多很多摇摇晃晃的病人，有很多很多苍白的脸庞和稀疏的头发，幽灵一般窝在椅子里。薄得像纸的发炎的皮肤，还未完全康复的刀口。还在生长的肿瘤，身体上的缺陷，简直就是《格林兄弟》里走出来的人。还有很多很多用手支着头的人。

这些天来，与我每日相处的就是这帮“感觉糟糕的人”。我已经很久没有看到我们是这个样子了——一支带着伤口但（大部分）还能走的癌症大军。我们都有些凌乱，身体大多并不对称。我们穿着舒适的裤子，系着鲜艳的围巾。我们要么扯出一个转瞬即逝的笑容，要么就面无表情。

我看着孩子们感受这一切，看到我置身于我的同类中。我们州的学校都放假了，所以候诊室里还有很多孩子，我看到他们都着急地扫视彼此，好像在浓雾里寻找航道指向标。

我跟我的放疗医生玛丽说，罗森布拉姆医生允许我带孩子们过来看一眼仪器，她眉毛一掀，似乎有点怀疑，我误以为她可能并不欢迎我们。但她说：“当然，请便。”

我们回到直线加速器室时，她开始跟孩子们解释仪器的工作原理。“你们的妈妈躺在那里，”她说，“我们关上灯，这样就不会干扰射线治疗了。”

我发现本尼不愿意全程待在这里，他一直盯着13英寸厚的门上那个放大的辐射标志。不知怎么回事，我以前并没有发现这个标志，也没留意到这扇门有多厚。这好像是核爆炸庇护所的对立面，将所有的辐射伤害都隔离在室内。

玛丽打开这台庞大的仪器，让我们看它怪物一般的手臂如何旋转，它既可以照X光，又可以发出放射束。仪器底下的地板开了，留出足够的空间供射线绕着辐射板沿大轨道旋转，我发现弗雷迪身体明显变得僵硬了。

说实话，治疗这么久，我还从未发现底下的地板会像托尼·史塔克[1]的设计一样打开，像是通往地狱的门，我倒有点希望从没发现过这一点。

“我现在想走了。”弗雷迪坚定地说。他一向无所畏惧，给自己打胰岛素针；半夜一个人下楼倒水喝；弟弟在浴室看到臭虫时，他会雄赳赳、气昂昂地冲进去徒手把虫子丢进马桶里冲掉；妈妈去世一天后，他坐在妈妈遗体旁的床脚，揉她的腿，一坐就是近一个小时。

“我也不想看了。”本尼说道。

有两个技术员在走廊上推着病床拐弯，我们就往旁边挪了挪。病床上堆了一层又一层的被子，只露出病人的脸。我无法辨认那张脸是男人的还是女人的，年长的或是年幼的，只看到那张脸气色不好，那双紧闭的眼里有眼泪滑落。

孩子们都没有要问技术员的问题，换作平常，他们遇到什么事都会问个不停。去年夏天，我们参观了托马斯·杰斐逊[2]相对罕为人知的府邸——白杨林，导游为了回答儿子们接二连三的问题，导致行程耽搁。他们喋喋不休地问：杰斐逊养过狗吗？他是死于癌症吗？他喜欢露营吗？大家喜欢当总统吗？去年在幼儿园开放日，当校长问大家有没有问题时，本尼在所有家长学生面前举手，对着麦克风问道：“呃，如果上幼儿园很紧张的话，该怎么办？”

但在放射治疗室里，他们都沉默不语。

1　译者注：钢铁侠。

2　译者注：美国第三任总统。

那天晚饭时，我爸爸问他们对杜克之旅作何感想。

“从头到尾都太恐怖了。”弗雷迪实事求是地说。

“我讨厌那里，”本尼说，“真希望没见过那仪器。”

“确实很吓人，”约翰承认，“我想自己以前可能没意识到这一点。”

爸爸跟我对视了一下。“哎呀！我想我今天可能给大家的人生造成了一点儿伤害。”我说。

“可不是，”爸爸说道，“这伤害可能有点儿大。”

但第二天早上，我们进行了例行的日常事宜。我穿好衣服、准备去进行放疗前，坐在沙发上喝着咖啡检查孩子们的练习作业。约翰系好领带，打包午餐盒，孩子们笨手笨脚地穿上鞋子和外套，都过来陪我坐着。

“妈妈，祝你今天放疗顺利！”本尼说着揉了揉我的头，“希望你不要害怕，但如果害怕的话，你可以回家抱一抱麦克达夫。”

有时候我觉得麦克达夫是本尼用他笔记簿上的配方施法变出来的。

弗雷迪抱了抱我。“妈妈，你知道吗，我想我终于知道长大后要做什么了。我要当作家！”

19

地下

克里斯的肾上长了个新肿瘤，很疼，脸色也越来越黄。玛姬的丈夫吃不下饭。那位总是在打电话的大嗓门儿又紧张兮兮的女人，今天剃了一半的头。“对，我在地下00层，”她说，“你知道的，核武器这层。”我被叫回到长袍区，跟一个男人坐在一起，他特别高大，身上穿着的长袍像块蓝色餐巾，勉强遮过裸露的大腿。

“你身上晒得很好看。”玛丽准备好仪器，检查我的胸部和乳房切除术后的刀疤时这样说道。这是我30次治疗中的第27次，皮肤是那种被烤过的颜色，虽然治疗的时候我从没有感觉到火烧的感觉。“你身上的那个部位貌似去过夏威夷。”

“阿罗哈。”治疗结束时我说道，然后穿着长袍飘出了核武器室，回换衣间。

“阿罗哈！”三个技术员回应我，他们穿着手术衣挤在走廊里，其中两个人冲我慢慢地挥手，好像我搭乘的游轮就要离开。玛丽的眼神越过我，她跟长袍区的高个男人招手。

你每天都会见到同样一群人，然后有一天他们突然不见了。你永远都不知道他们是结束治疗了，还是发生了别的事。我们彼此打听，但从没有人知道确切的情况。“抱歉——我们要遵守《健康保险隐私及责任法案》。”技术员说。

“我真是受够这个地方了，”一天早上，我在00层发信息给金妮，“我的心情很糟，你知道待在癌症中心需要耗费很多能量吧？我今天没有那么多能量，甚至都不想跟任何人有眼神接触。”

“我倒是特别乐意看到你就此放弃，”金妮回信息给我，“去站到桌子上，跟大家说‘去你的’，不管他们是给你拿暖和毯子的志愿者，还是弹钢琴的小伙子。”

我去接水的时候，弹钢琴的人正在弹奏《欢乐酒店》的主题曲，我皱眉瞪了他一眼，心情马上舒服了点儿。

“拉里，今天胃口怎么样？”回到候诊室座位时，我有了问玛姬这个问题的能量。

20

我们终将失去它

“我们要好好利用时间，”蒙田在他最后一篇随笔中写道，“我们还有那么多闲置而废弃的时间。”

他大概不会赞同我花这么多时间睡觉，花一整晚时间浏览72页美捷步裸靴的网页，虽然头发才长到豆芽菜那么长，我却迷上了杂志上的发型（我还需要很多年才能做那样的发型）。

蒙田日渐年老时写道：“我让自己准备好失去，无怨无悔，但生命作为一种东西，就其本质而言，我们终将失去它。”

晚上哄孩子们睡觉时，我给他们哼唱一首妈妈过去常常唱给我听的老露营歌：

嗯，我想在这里徘徊
嗯，再流连一会儿
嗯，再跟你待一会儿

第四期

1

最黑暗的一天

现在正值圣诞周，却是我生命中最黑暗的一天。班级派对、假期朗诵会、糖果曲奇和姜饼人，“幸存者”这个词十分扰人心神，就像橡树上最后的几片叶子，在我们周围摇摇欲坠。我确诊患癌差不多一年了，距我上次见卡西诺医生也有几个星期了，这是我30次放疗的倒数第二次，还差最后一步这个癌症治疗方案就结束了。妈妈已经走了近4个月了。

自从开始接受放疗，我的后下背就一直不舒服，有时候是疼，有时候是抽痛，更多的时候是痉挛，但我一直在进行物理治疗，还试着做普拉提，以重建早已被数月的化疗以及缺乏锻炼毁得差不多的核心肌群。

我每个星期都会去见我的放射肿瘤师罗森布拉姆医生，她的眼中满是同情，很可怜我要遭受后背疼痛的折磨，因为她在教儿子蹒跚学步时患过椎间盘突出。她给我开了止痛药和肌肉松弛剂，担心我还患有椎间盘突出，所以推荐我去看一位骨科医生。

有些天，我几乎下不了床。约翰往楼上给我端晚餐，孩子们也过来看我，好像我在疗养院似的。“你怎么样了，妈妈？你需要我给你带什么过来吗？”

爸爸给我带了张电热垫、护背，还有妈妈以前的助行器，他坐在床边为我揉脚。

“我的天哪，我最讨厌这个助行器了。”我说道。助行器外面绕了一层类似博柏利的布料。虽然我很讨厌它，但拄着它我就能下床，能慢慢挪去浴室。“真可悲。”我不厌其烦地一遍又一遍地重复。有时，我在走路时后背会突然痉挛，会抽搐，我还会说几句粗话。孩子们讨厌我这样，我大叫时看到他们僵在那里。

“妈妈，你能不能别那样叫？”弗雷迪说，“我有点儿害怕。”

3年前，妈妈因为多发性骨髓瘤入侵骨头而引发了背部骨折，她狠狠地疼了好几个星期。我有点儿担心这种痛会不会跟癌症相关，但我的痛感偶尔会减轻，爸爸和约翰不断提醒我：“你跟你妈妈不一样，没必要将自己的情形跟她比。”

当疼痛越来越强烈时，爸爸搬来了便携式床边马桶，那是妈妈后背骨折后用的。她去世前的几个星期里，腿还未完全失去功能，在那之后我就没见过这个马桶。她当时身体太虚弱，我们必须站在她身旁扶着她，她用瘀青的手臂努力抓住我们，才能站直身体。

“如果你还没替母亲擦过屁股，就代表你还没有在这世上赢得一席之地。”她曾这样跟我和查理开玩笑说。

“哦，拜托了，妈妈，”我往往会说，“蒙田会这么说：‘如果还没替母亲擦过屁股，就不算真正活过。’”

后来她用上了护理垫。

我们帮她左右翻身，熟练地取出用脏的护理垫，同时又铺上一张新的，这时我说：“现在，我们真的快在这个星球上赢得自己的一席之地了。”而她则躺在那里喃喃着“对不起，对不起，对不起……”

“哦，这个东西真该死。”看到爸爸把那个便携式洗脸台带进来时，我说道。但自从昨天我在人行道上绊倒后，我就几乎一动都不能动了。我不断跟自己说：“如果踩到裂缝上，你妈妈的后背就会断掉。”[1]

我难以成眠。在我费尽千辛万苦坐到马桶上后，又因为痛到难以自已，无法放松膀胱小便。

“我在受苦。”晚上我跟约翰说，我觉得自己有点儿夸张，但同时我也在想：没错，我相信这就是受苦了吧。次日清晨，约翰驱车送我去治疗，我需要坐轮椅。

“你不觉得我应该带你去急诊室吗？”约翰说。我看得出，他在努力不让自己崩溃。

“不！太疯狂了，”我说，“我们已经在医院里了，不会有事的。”

接待员在我的手腕上一拍，系上了一条黄色的“跌倒风险”手环。玛丽和其他技术员一边听着《摩城圣诞》，一边跳舞。有人做了一包包肉桂糖小圆饼。

我一边抽搐着，一边爬上放疗台。

“这真是越来越荒谬了，”玛丽以最善意的方式说出这些字，“我觉得我们应该呼叫罗森布拉姆医生。”

一辆公共汽车，一阵咳嗽，一枚坏掉的指甲：死亡随处都在。有时候，我们太清楚这一点，但大多数时候我们又对它不闻不问。有时候，它又跟生命一模一样。日出日落时，天空的颜色都是橙色的。

“死亡并不是世界末日。”对于我妈妈那小小的放弃，蒙田会怎么说呢？

蒙田30岁时，他的知己和挚友艾蒂安·德·拉波哀西因为一场突

---

1 译者注：美国谚语。

如其来的可怕瘟疫而去世，蒙田在拉波哀西的床边，内心充满了爱和恐惧，对瘟疫也有了初步的认识。之后他在写给父亲的信里，无所畏惧地将好友的死分毫不落地记录了下来。他那么崇敬拉波哀西："他是我认识的人里最伟大的人……他有着真正完整的灵魂，从内到外散发着美好的光彩。"好友去世的打击令蒙田下定决心要意识到死亡随处都在，并在多疑之境里一直保有这种认知。

有人呼叫了罗森布拉姆医生，医护人员把我抬到了担架上，推着我穿过一条条走廊。我终于离开了癌症中心的放疗侧厅。

"死亡"走进了急诊室，就像一位年轻有朝气的主治医生。"是好消息，"他坐在转椅上滑向我，"你的化验指征大部分都正常。"

"但有件事需要注意。"他在转椅上扭动了下，"从核磁共振结果来看，你脊柱的第二腰椎有一处很严重的骨折。骨折的方式非常棘手，这不是创伤性骨折，而是病理性骨折，很可能是由乳腺癌转移到此处引起的。"

"好，"我说，我无法直视约翰，"有没有可能是别的原因？"

"很抱歉，只能是这个原因，"他说，"十分抱歉。我讨厌跟病人说这种事，我还不太擅长。我们要送你上楼住院，你需要马上进行手术。"

之后又来了一连串的医生，其中一位是我最近认识的放疗住院医生，她蹲下来，视线与我齐平，并紧紧握住我的手，没顾上擦去脸上的泪。然后又来了位外科医生，接着是神经科医生。后来罗森布拉姆医生也来了，她站在我旁边，脸上的表情像是在等待晚归的女儿。她一直轻轻拍着我的头发："事情怎么会发展到这种地步？我真的太……抱歉了。"

约翰坐在访客椅上，他看向我，眼中一次次映出我的脸庞，里面的我像是在说："等等，这是怎么了？"我们不断问彼此，"这是怎么了？"

2

直升机

多疑之境：9楼，肿瘤病房。窗外可以看到在医院楼顶起飞和降落的直升机，轰隆隆的声音都消失很久了，旋翼却还在转，但比想象中安静多了。“如果你家孩子来探望的时候碰上直升机，他们一定会乐坏的，对不对？”一位护士正在我身后某处的电脑上打字，我看不到她。

“我知道这个问题的答案吗？本尼还是婴儿时，很喜欢风扇和直升机，他把直升机叫作‘克古伊’。那跟口渴有什么不同？”体内的吗啡在作祟，我只拥有一半的清醒。我特别特别渴，这一刻，口渴却变成了有史以来我要解决的最大的难题。我微微一笑，因为现在我只能这么做。“还是说，喜欢风扇的是弗雷迪？不，绝对是本尼。弗雷迪喜欢灯。”我模糊地记得自己被送到了这里。约翰在这里。孩子们呢？谁照顾他们？大家都在照顾我的孩子，除了我。谁有冰块？一位医生刚刚住了口，另一位医生正要开口。今天是平安夜，我已经做完手术了。医生移除了我的第二节腰椎，里面有个大的恶性肿瘤。医生往里面装了一个钛合金脊椎椎体护架，上面有不可思议的螺纹，他们在我醒来之前拍了X光片，然后用电子邮件发给约翰，之后可以让我看。

“你现在很好，”一位护士说，“医生允许你尝试站起来。你想不想试试看？”

我也不知道自己想不想，不过随后我站了起来。约翰给我照了张相。“哇哦！”他说着就传上了脸谱。“我的天哪！”我认识的人都这样在底下评论，“太不可思议了！”脸谱上有人说，“真不敢相信你遭遇了这些！我们可以为你做什么吗？”我不断往下翻。“谢谢，”我对脸谱说，“我真是太爱太爱你了，胜过这世上任何事。你太美好了。”

约翰发来信息：“也许，你该收起手机，再睡一会儿；也许现在并不是上脸谱的最佳时机。”我扫了一眼病房，他不在这里，哪里都没有他的影子。天太黑了，我看不清直升机在干什么。我想象旋翼安静了，不动了。也许因为平安夜，没人用得上它们。约翰打来了电话，他变成了一种声音。

“我在格林斯伯勒，你爸爸家里。孩子们也在这里，还有查理和阿蜜莉雅，还有珍妮。”珍妮是约翰的姐妹，也是我的闺密之一，她住在图森。大家都赶来过圣诞节。“珍妮要跟你聊一下。”约翰说。

“我在想办法准备长筒袜。”她说。

现在我才想起来还没有给孩子们包礼物，但是我的背太痛了，拿不起纸和胶带。我跟她说，床单后面是我的毛巾柜，长筒袜就在毛巾柜后面，我床边的小柜子里也有，壁橱里也有，冰箱上面也有。绿椅子后面的T.J.麦克斯包包里也有。那副哈利·波特的扑克牌是给弗雷迪的，那块神奇宝贝手表是给本尼的。无糖蠕虫软糖和巧克力包装得像个汉堡包。珍妮一边大笑着说：“你究竟是怎么记住这一切的？”又一边哭着说：“真等不及想要见你。我能去见你吗？”

夜里，我有时候会醒来。约翰回来了，我看到他窝在那把不太舒适的椅子里睡着的身影。“我有点事要跟你说，”他翻身时我跟他说，“有票，我的邮箱里有两张票，是用我们俩的名字订的，为了庆祝你的生日。”

“什么？”他还没有完全醒过来，“你在说什么？”

“1月末，”我说，“本来想给你个惊喜的。”

再过几个星期，他就满40岁了，这一年过得无比艰辛，我想带他去法国，出于冲动花了一大笔钱。新婚时，我们住在巴黎，那时约翰在读研究院——在他读法学院之前——我们生了孩子之后还没回去过。在这个地球上，那是他最喜欢的地方，他理所应当属于那里，胜过我属于其他任何地方。

“你说真的？”他说，试着在椅子上翻个身，“你用这种方式给我惊喜，会不会有点儿夸张？”

“我想让你知道票在我的邮箱里。”我说，“以防万一。”

“好，”他说，“明早我就给航空公司打个电话，看能不能取消。”

“不，”我说，“我们要去巴黎。我也不知道要怎么去，不过我要跟你一起去巴黎。”

“好。”他说。我听到他均匀的呼吸声，他又睡着了。

几小时后，也就是圣诞节早晨，黎明之前，我醒来了。直升机的黑影停在更黑的夜空中，旋翼静止不动。“圣诞快乐，”一位护士说道，她在浴室里把我的尿液倒入尿壶中，“你还想不想要止痛药？想不想再吃一粒多库酯钠胶囊[1]？”

---

1 译者注：大便软化剂。

蒂塔和爸爸陪我坐着，这时有个叫纳斯·乔恩的男人来到我的病房里。他跟我们说，不在肿瘤科那层上班的时候，他还身兼压力管理专家。他的声音很有催眠的效果，几乎控制着整间病房，很是诡异。他轻轻地跟我们说了呼吸的技巧和咒语，让自己沉身靠在床或椅子上。“你们要放松腹部，”他说，“气沉到那里，最柔软的腹部，最柔软的呼吸。让肌肉放松，让腹部柔软。让这个世界撑住你。”

“需要我展示一下技巧吗？”他问，我们已然沉迷于某种咒语中。

爸爸闭上了双眼，蒂塔靠在椅子里。他的声音把我们带入了一种完美的宁静之地，时间在延伸、弯曲。我感觉到镇痛泵从我的手上掉了下去，但我没有伸手去找它。护士和技术员好像在门口徘徊，但他们感受到了他的咒语，不由自主地没有打扰我们。

只有一个人敲了敲门，是卡西诺医生。这是我入院以来第一次见到她。她微笑着，但在她大海一般深邃的眼睛里，我能够看到属于癌症医生的海沟和暗礁。

“我从没有来过病房，”她说，“但是觉得你很特别。”

随之，她看到了护士纳斯·乔恩，她愣了愣，开始往门外走。“哦，是你！”她说，“我待会儿再来！”我觉得卡西诺医生这种状态很不同寻常，可我再怎么强调，都形容不出来。

“不不，请进来！”我坚持叫她回来，于是她在我的病床边上坐了下来，加入了我们4个人的密室。

对于乔恩的在场，卡西诺医生异乎寻常的冷静和放松，我敢打赌，她肯定有他的呼吸技巧碟片。在她跟我讨论最新的扫描结果时，乔恩好像消失在了房间的角落里。卡西诺医生告诉我，现在癌症集中在我的脊椎下部，手术固定了我的脊椎，但并没有彻底清除肿瘤，要集中对那个部位进行放疗，虽然这样也不能彻底清除癌细胞，但可以缓解疼痛。脊椎比较靠上的位置也有几个亮点，他们会继续观察。器官CT扫描看起来并没有肿瘤，大脑扫描也是这样。他们过一两个星期再扫描一次，制订下一步的计划。

“我不能说自己不担心，”她说，“跟你情况相近的病人，有些撑不到做下次全身扫描，有些却坚持了好几年。我们只能走着看。”

我试着放松腹部，试着感觉这个世界支撑着我。

“听听这个人的话，”她离开时说道，并看了一眼在角落里的纳斯·乔恩，“我并不是要吓你，但他能教给你的远比我的治疗更宝贵。”

那天晚些时候，蒂塔发信息告诉我她安全回到格林斯伯勒了，但德鲁在我们家附近的街上出了车祸。

“他没事，”她写道，“大概断了根肋骨。他在街角闯了红灯。孩子们没在车上。另一个人也没事。他说他当时有点分心，根本没看到红灯。车子可能完全报废了，不过他没事，我保证。学着纳斯·乔恩那样呼吸，趁着吗啡的作用多睡一会儿。”

后来，我出院回到家，她跟我说当时她接到德鲁的电话，然后把孩子们塞进车里，冒雨开了三条街赶到那个街角。鸣笛声，救护车，歪歪扭扭地横在路上的事故车辆，围着车子站着的人们。“因为他之前给我打电话了，所以我知道他还活着，”她说，“但我看到现场那么糟，我不知道该怎么相信他没事。”

我完全明白蒂塔是什么意思，自从上次在急诊室里见到那位医生，每一秒我都是这种感觉。

很久以后，德鲁告诉我他当时一直在哭。那天蒂塔来医院看过我回到家后，他去了附近的杂货店去买鸡蛋和带骨猪排。在店里，他意识到自己的脑子很不清醒。

“我真的一点儿都不记得这场事故了，”他告诉我，“安全气囊弹出来后，我只听到自己在车里尖叫。”我知道德鲁在圣诞节那天晚上家里所有灯都关了之后，坐在圣诞树前哭泣，一边喝着苏格兰威士忌，一边听着琼妮·米歇尔的《忧郁》。儿子们穿着连体睡衣轻轻走上楼梯时，他哭了。

我知道他这时候的哭泣有点不同，因为他还想到了我的病情。我依然在等待自己哭，等待感受我的钢铁之躯与另一具钢铁之躯相撞。

圣诞节那天，家里人都赶来医院看我，大家都紧紧抓着我的床，因为他们也别无更好的选择。我在想，妈妈该坐在哪里？这种新情形下，恐怕没有妈妈待的地方了。

我指向那架直升机，可儿子们完全忽视，我也没有再强求，他们大概已经过了迷恋这种大场面的年龄。好几年以来，每当我们开车绕着城里转，我都会指着强鹿拖拉机和推土机给他们看，尽管他们早已不感兴趣。他们兴冲冲地给我展示珍妮帮他们在新手提电脑上做的圣诞节PPT，让我看一看我没有在家过的这个圣诞节。“妈妈快乐、快乐、快乐，”上面写着，“真希望这一切都没有发生！”他们准备离开时，弗雷迪问我：“医院今天就会把直升机派出去执行任务吗？”

“不，今天不需要。”我说。

“那就好。”他将头靠在我的肩膀上说。

3

毁坏的小碎片

很多年来，我一直在做一个重复的梦，梦到自己吞电池时被噎到。各种各样的电池，有7号电池，9伏电池，还有手表锂电池。我每次都在惊恐中醒来，而且能清晰地记得那种硬物消失在食道中的真实感觉。“这次危机解除了，”我想道，一边咳嗽，一边喘气，“不过我还是在劫难逃。”

出院回到家的第一晚，凌晨两点我又做了同样的噩梦，然后惊醒了。之前我没有刷牙，没有洗脸，就合衣睡着了。

但突然之间，电池、恐慌，还有其他的一切都回来了：前门旁桌子上未归还图书馆的书，未收听的语音留言，还没有遛的狗狗，还没垮掉的垃圾箱，未读的邮件，未写的感谢信，未完成的为人父母的责任，还有在缝隙中分崩离析的宇宙。

“今晚你又要吞下什么难事呢？”我躺在那里扪心自问，“哦，只有这必死的命运而已了。哦，只有这毁坏的小碎片而已了。”

这样的崩溃持续了40分钟，我想起了纳斯·乔恩：放松腹部，让世界撑住你，在每一次吸气、呼气中嵌入乐观的咒语。“谢谢……

你。”我听到自己说，先说了“谢谢”，然后是“你”。慢慢地，太阳照亮了天空，孩子们爬上了我们的床。

1838年，爱默生在日志中写道：“这一个小时，湿气温暖，闪闪发光，嫩芽吐露，旋律优美，我感到愉悦，推倒了我灵魂中那道狭隘的墙壁，并将其灵魂的悸动和生命拓展至极限处。这就是清晨，停下来享受这灿烂的一个小时，不再当这具病弱躯体的囚徒，心胸越来越开阔，可以比肩整个世界。”

还差几个小时就是新年时，我的表妹邦妮抵达格林斯伯勒。她是从华盛顿特区搭火车来的，因为她闺密的父亲因前列腺癌去世，所以她去了一趟华盛顿。

“邦妮的死亡之旅，2015！”我们拥抱时我说道。我们并没有如往常一样紧紧拥抱。过去的16年间，她一直住在旧金山，职业是按摩师，现在她在接受职业理疗师训练。我们平时不太见面，如果走运的话，8月我们会在避暑别墅相聚几天。

“现在，马上让我开始工作吧。”她说着揉了揉双手，然后按摩我的头部、颈部和背部。在我看来，邦妮一直都是我们这一大家人的缩影：她坚强无畏、才华横溢，又很神奇，湛蓝的双眼跟爱默生的很相似，相似到让人不安的程度。年幼的她曾跟父母和哥哥一起航行环游世界。她穿着泳衣在摇晃着一棵棕榈树，这是我最喜欢的一张照片。在旧金山的时候，她为一家女同性恋自行车快递公司服务。她的小腿内侧有块巨大的疤痕，是她小时候在一场摩托车事故中留下来的，疤痕的形状跟纽芬兰一模一样。

“我带了按摩油、桌游、花纸，还有全世界最好吃的摩洛哥炖汤用的香料。”她说。

傍晚的时候，家人、朋友一起在楼下玩猜字谜游戏，喝酒欢笑，孩子们像野生动物一样到处乱跑，约翰和爸爸在烤新年前夕夜羊排。我躺在床上，邦妮揉着我的双脚。

“原来，我差不多就要死了。”我跟她说，我还从未对任何人直接说过这句话。

“是啊，”她说，“那又怎样？不管做什么事，你为什么总是先我们一步？”

“你能教教我怎么折纸鹤吗？”我说。

“我以为你永远都不会问。”她说。

我在急诊室的时候，主治医生说过：“我不知道你的病情接下来具体会怎么演变，但你知道，癌细胞转移了，所以已经是第四期了。显然，你的癌症极具侵略性，我们还没结束对它的治疗，它就已经复发了。虽然这样说会让你很难接受，但现在可能是时候了，你需要安排好一切事宜，整理遗愿清单。”

这个遗愿清单把我难住了，也让我十分郁闷：“我的天哪！我是有多笨，连个有意思的遗愿清单都想不出来。”我在医院里抱怨道。

“那写个‘去他妈的’清单怎么样？”约翰曾这样建议，“跟遗愿清单有点相悖，我们想一想可以跟什么说‘去他妈的’，然后把这些倒霉事统统冲进下水道，不再为之烦恼？”

可问题是，原来并没有那么多这样的事。

所有与活着有关的事，我都想留下来。我想让这些事一直都很凌乱，让人困惑，有时还会觉得无聊。拼车专用道，双肩背包，在孩子们上钢琴课的那栋大楼里，我等他们出来时屋内的灯光。卡西诺医生坐在病床边看着我，她承认自己很害怕。楼下我那一大家人传来的笑声。化疗后掉光的头发，突然之间一大丛一大丛疯狂地长出来，现在已经很浓密。

孩子们用光剑砍坏了圣诞节装饰物。一个科学展览计划在遥远的某个房间里初具雏形。潮湿的后院里细流密布，泥泞不堪。院子里滑溜而不知名的小生物通常会将自己埋在坚硬的土壤中好几个月过冬，但不知怎么回事，它们纷纷钻出头，享受这温暖的新年气息，并吱吱地发问："等等，这是怎么了？"

4

完美的沙发

如果我现在足够健康，我会在一间叫作“空间”或“欲望”的超级时尚展销厅里，一边品尝免费的红酒，一边摩挲着优雅的垫子，听销售助理为我讲述苯胺革相较于半苯胺革有哪些优点。

“所以你真的认为买这些烘干硬木，值得多花这笔钱吗？”我会这样问，还会问，“这里有三人座的吗？”

但是，我不够健康，所以我在床上靠着一堆枕头，抱着手提电脑，浏览网上的家具店。比如，西榆家饰、欢乐鸟、木箱&木桶家居，还有一家叫作Chairish的店。

我痴迷于在网上买沙发，直到羟考酮的药效上来，脑袋开始摇晃，我才休息一下。在没有从网上看遍20世纪中叶现代风格、哪怕带一丁点儿波希米亚风的沙发之前，我不能休息。我浏览各种设计网站，比如公寓治疗室、设计海绵、多米诺，一直不停地搜索着网页。

我跟约翰在16年前结婚，但我们从来都没买过真正属于成年人的沙发。我们有过很多很多颇受青睐却并不适合我们的沙发。比如，宜家AS-IS特价沙发、父母给我们的沙发、克雷格列表上拍卖的堪称奇迹的沙发、路边捡来的沙发。最开始时，我们身无分文，后来我们有了宝宝，好像从来就没有合适的时机买些精致的东西。

我们靠这些不适合的沙发也能过得很舒服，因为我们不新潮，品位不拘一格，而且我们家还有很多外表不怎么好看却个性十足的东西。比如，爸爸和伯父们小时候坐在上面绑雪橇靴鞋带的木箱子，前窗那里的粗笨躺椅——这世上最温馨的阅读角落。

总之，我们无论何时要着手处理这件人生中的大事时，都会退回床上，因为那是我们的战情室，是我们的茧，是我们的安全舱口，有时候也会成为我们的餐厅。

不过，这几天以来，找一张最完美的客厅沙发，好像已经成了我有生以来最重要的事。

我刚才找到了一张很喜欢的沙发，却无法下决心点击“马上购买”。其实，我在做出承诺方面基本不存在问题。不管是房子、汽车、换工作、生养孩子、买机票，还是选餐厅、买鞋、做乳房切除术，统统放马过来。我通常会选个看起来还不错的，然后不再回头。

跟约翰在墓地只聊了不到10分钟，我心里已经认定了他，虽然我等了起码一个星期才告诉他这件事。

但是买沙发这事，我做不到这样快刀斩乱麻。也许，我在拖延时间，拖到下次跟肿瘤医生约见之后再做决定，好像卡西诺医生说的话，会帮我决定要不要多花一笔钱买的确良絮片和人工纤维填充的沙发垫。她答应我会考虑新的治疗方式，比如免疫疗法、临床试验药、未被临床试验认可的药物、针灸疗法，还有可怕的“警惕等待”疗法。

这是个复杂的计算题。一方面是最基本的成本效益分析：买了一样东西之后，我可能就不在这世上了，如果不能真正享受它的话，我想为它花多少钱？另一方面是买一张昂贵的长沙发，不就是一种表达希望的极好方式吗？我死后，难道不想让来家里做客的人享受舒适和时尚吗？接着我又想到——啊，最黑暗的恶魔想法！——也许我应该买那种又丑又不舒服的沙发，这样跟约翰再婚的女人不得不留下它，因为这是他的亡妻买的。

住院时，尽管有很多社工分发给我们各种各样的小册子，但我们还是不知道该怎么跟儿子们说这件事。他们知道我得了癌症，也知道我后背骨折了，但他们不怎么知道这意味着什么。

我没有直接跟本尼聊这个话题，而是问他："你觉得皮革沙发怎么样？"

"这要看它滑不滑，软不软。"他说。

说得好。我想我要把人造革沙发从最喜欢的沙发列表里剔除了，不管它们看上去多可爱，或多划算，我要买的是头层皮沙发。

那天，卡西诺医生坐在病床床尾，我看到她看了眼放在床头柜上的小册子——《如何告诉孩子们你日益恶化的疾病》。

"是时候灰心丧气了吗？"我们聊着疼痛管理和放疗时，她粗略看了其中一本小册子的标题，她如是说，"不能！"她宣布，直直看向我，"不能，还不是时候。"

我完全信任她，虽然化疗已经失败了两次，虽然她说过我的癌症不会扩散却还是扩散了。不管肿瘤医生是为了什么想成为肿瘤医生，他们都既强悍又乐观，既倨傲又富有同情心，我都有点受到了感染，就好像一见钟情，或飞蛾扑火，也好像做出选择之后，不再回头。

约翰有点不愿意买新沙发，但他现在如履薄冰。他很了解我，所以他知道我在高谈阔论植绒沙发垫的优点时，其实心有他想。

"定制沙发，你说真的？我们家可有两个儿子！"他说着草草翻阅了下柜子上的保险单，“好，不管你喜欢什么，我都觉得你该买。”

得知自己患有无法治愈的癌症有一个大大的优势，那就是这么多年以后，当我做了个他不赞成的决定后，他不再高高在上地说“你死定了”。

“你今天在网上花了几千块，是不是？”他下班回到家，发现我的枕头和热水袋还放在那张并不完美的沙发上，跟他早上出门时摆放的位置一模一样。这张沙发是我父母在20世纪90年代初期买来的一个低背藤制沙发，用来放在露台上。

“今天没有。”我说。

“很好，”他说，“想不想一起躺在床上望天花板？”

我想。我们就躺到了床上。

现在是1月，才下午就已经像晚上了。

“不夸张地说，我们发现你得了不治之症那天，是今年最黑暗的一天，你能相信吗？”我们俩双手紧握，躺在床上盯着上面空荡荡的天花板时，约翰这样问我。

“相信啊，当然相信。”我说。我们俩都笑了起来。

我一直都很喜欢他的笑声，既柔和又舒服，既朴实又特别，明显带有20世纪中叶那样圆润的声线。

他小心翼翼地将我揽在怀中，好像一对青涩的少年。我的后背抽搐了一下，但我还是挣扎着靠他更近了一点儿，然后将头贴在他的胸膛，听着他的心跳。

孩子们在楼下的游戏室里，坐在旧旧的蒲团上，盯着屏幕。我们会尽快想清楚该怎么跟他们说我的病情。他们大概已经知道发生了什么事，正等着我们想出合适的方式告诉他们。发生的这一切中，他们的存在是我无法应对的一种黑暗。我可以对很多很多东西放手，比如计划、朋友、职业目标、这世上我想去看看的地方，也许，我甚至可以放弃一生的挚爱，但我仍然不知道该怎么对不能再做他们的妈妈这件事释怀。

所以，也许我没有试着去厘清思绪，也许我只是想买到合适的沙发：结实的框架、高质量的动物皮革，朴素又真实。它的外观说明它曾经活过，我们触碰它时它会变温暖，离开时它又可以变凉。

而且，我还可以买一张可以坐下我们几个人的宽阔长椅，帮我们熬过前方的一切，无论是爱、崩溃，还是依偎、死亡和悲恸。

卧室里几近全黑，我知道自己的想法大概与约翰的背道而驰。他沉默着，也许他在打瞌睡吧。

从网上买张沙发，就好像我人生中其他的重大决定一样，需要花时间研究，也需要信任，但最重要的还是信任。我躺在这里，约翰的胸膛在我的脸颊下起起伏伏，我必须相信不管临床试验效果如何，不管他将来的妻子怎样，不管免不免运费，等我找到合适的沙发，一切都会豁然开朗。

5

亮点

关于孩子们，我的心理治疗师说："好吧，他们大概很难接受，大概会一团糟。我们先谈一谈，设想一下那个场景，越具体越好。"

"监狱。"我说，"感恩节时，他们自己坐在Bojangles炸鸡店里，想买点毒品。他们在电话里让约翰去死，然后就挂断了。他们咒骂彼此去死。"

"很好，"治疗师笑道，"想象黑暗对你来说不成问题。"

然后他又说道："可是他们也许会应对得更好，也许会变成了不起的人。我知道有很多年幼时经历过失去的人，都长成了特别优秀的人。也许妈妈在他们幼年去世的这段经历，可以启发他们写出石破天惊的黑色喜剧剧本，备受赞誉并收获奥斯卡大奖。想象一下他们捧着奖杯，站在领奖台上。"

我喜欢这个游戏。约翰在前排挽着一位法国女演员大声鼓掌。儿子们各自拿着奖杯，干杯式地对碰，举着奖杯跟约翰示意。然后他们向天堂致敬："献给妈妈！"

一位退休的犹太教拉比——我朋友的朋友——突然给我发来一

封电子邮件，上面写着他9岁时失去了妈妈，还写了他关于妈妈的所有记忆，他的生活里仍然留着妈妈的印记：她最喜欢的花、她为他读过的书、她的幽默感。“她绝非我生命中的黑洞，她那么强烈地存在过，永远都无可取代。”他的话是一份礼物，伴我度过了几个难熬的夜晚，我任其在房间里盘旋，像颜料一般刷过我的肌肤。

现在癌症已经扩散，我每隔6～8个星期就扫描一次。有时我在想这6～8个星期我可以做哪些事：怀宝宝一个半月，学会用意大利语对话，练出结实的腹肌，刷《权力的游戏》，走完圣雅各朝圣之路。但其实，6～8个星期就在眨眼之间，弹指一瞬；只够我一次悠长的呼吸；只够约翰抚摩着我的背滑下，他的唇掠过我的颈部；也只有我们初次相遇时的那个夏令营那么长。

蒂塔每次都会陪我过来做扫描，她跟我一样熟悉整个流程：穿宽松的衣服，不穿乳罩，不穿带拉链的衣服，喝大量的液体。接待员喜欢开玩笑。门口的义工听力不太好。技术员卡拉带病人回到更衣室时，喜欢谈论耶稣和祈祷的力量。有时候，她会在工作中途停下来，开始唱《奇异恩典》。蒂塔和我不知道要不要跟她一起唱，所以我们拍手叫好。“非常感谢你，”我说，“很动听。”我听到她一路哼唱着返回技术站。医生先采血，然后给我注射进行骨扫描所需要的放射性造影剂和做CT扫描所需的显影剂。我做CT扫描时，蒂塔在更衣室等我；但我做骨扫描时，工作人员让她进来坐在我身边。技术员在毗连的控制室里操作着扫描仪。

骨扫描室里有一台特别大的显示器。我的脚上绑着弹性绷带，双手包在紧身衣里，身上盖着暖和的毯子，以保持冷静。医护人员也给蒂塔拿了一条毯子，让她保持冷静。扫描差不多要花20分钟，你从仪器里出现时，显示器亮了起来，实时形成了骨架成像，从头盖骨到肩膀、脊椎和臀部，再到腿和脚。

从蒂塔坐的地方看显示器，比我的位置更一目了然。我们试着聊些别的事：照顾孩子，她写了一半的小说，她牙根管治疗的冒险故事，她的朋友托尼的妈妈就要做手术了，我们在读书会读的短故事集，但我们还是不自觉地盯着显示器，就好像在看老师在面前给你打分，就好像你坐在飞机里看到这架飞机的现场直播一样。

“我一开始觉得你肯定是得了阴道癌，不过现在我想那只是你膀胱里的放射性物质，”最近一次扫描，当仪器扫描我的腹部时，蒂塔坐在椅子上说道，“那儿跟其他亮点完全不一样。”

我们审视着那团亮点。过去6个月里，我做了三四次扫描，我们觉得自己都是骨扫描分析专家了，显然这可以成为我的副业。之前我们看到过我脊椎、臀部、肩膀上新肿瘤的亮点，所以我们早就料到它们会出现。

“啊，”我说道，“如果是阴道癌的话，就真的是伤口上撒盐了。”

蒂塔说对了。次日，约翰陪我去见卡西诺医生看扫描结果，我确实没得阴道癌，不过骨骼上多了很多亮点，肩胛骨、骨盆、胸骨，我好像避无可避。

亮点和暗色的屏幕。“亮点”这个词完全有了一层新意，更像是一线希望的反义词，意味着危险、骨痛、病情恶化、要做更多的放疗、服用更多的止痛药、做更多检查。癌症这东西既乱七八糟又诡异：做完扫描后，你希望看到黑暗的屏幕，希望骨架扫描图像一座熄灭灯火的城市，一块块骨头都像被查封的区域。希望没有房间亮着灯，街上没有任何路灯，没有闷烧的篝火，楼上的双层床上也没有照亮书上的恐龙的床头灯，没有等待寿星许愿的生日蜡烛。

没有生命的迹象，没有任何事物即将开始的迹象。

“我听到你刚刚说你的牙根管治疗很糟糕，”上次扫描结束时，技术员回到办公室时对蒂塔说道，“你一定要服用抗生素，因为细菌可能会要了你的命。祝你们过一个愉快的下午。”

6

警惕海盗反恐计划

约翰满40岁了，我的身体状态也还好，还能去法国。旅程定在2月，8天的时间。爸爸替我们照顾孩子们，约翰的妈妈也会飞过来帮忙。

“我们不能一起去，这完全说不通啊。”临行前一晚，弗雷迪在我的床上抱怨。

“其实说得通的，”我告诉他，完全沉迷于围巾和靴子中，“只是对你说不通而已。爸爸和我需要这么做，我们要经营婚姻生活中的所有事。有时候，我们俩需要全心全意地关注这件事，这对我们来说很重要。”

“你爱说什么就说什么吧。”刚进入青春期的小家伙说完就拖着沉重的步子走了出去。

我确实这么认为。虽然我体内的内脏纠结在一起，疼痛难忍，但在得知新的诊断结果以后，我觉得我的世界都萎缩到我们家这个茧中。

这间西提岛的公寓是从我们一位密友的祖母那里借来的，很精致典雅，透过拉开的百叶窗，我看到塞纳河上反射的光束，先是灰色，然后是黄色。景色那么美，以至于我头一晚躺在那里不睡觉一直哭，哭到胃搅在一起，然后几乎在浴室里度过了整晚。

浴室只比我的身体大一丁点儿，让我觉得很安全，身处其中，感受它在支撑着我：河流从这座小岛的两侧流过，巴黎的第一批定居者就出现在这座岛上，随后市中心的城墙反复调整。我蜗居在这座大楼内的这间公寓里，蜗居在最深处的角落里，这间浴室就是世界的中心。在那里，我发现了一包未开封的悲痛。我的母亲。我试着放松腹部呼吸。

她一定没料到我会在巴黎，但她此刻就在这里。爸爸、孩子们，还有我们认识的所有人，都远在一个大洋之外，我莫名觉得，她跟我之间隔着更加无边无际、深邃遥远的距离。我想听听她的声音。她第一次带我来到这座城市时，我16岁。我记得我们打车沿着码头行驶时，她对这些公寓楼赞不绝口：“你觉得这世上谁住在那里？简直无法想象！”

早上，约翰出去买牛角面包，还有他最喜欢的报纸；我握着手机蜷缩在前窗旁的椅子里，一边听之前的语音留言，一边看着全世界最幸运的巴黎人醒来，然后匆匆忙忙赶去上班。“刚办完入住手续，”她说，“想听听你的声音。”

约翰和我初次搬到巴黎住，是2001年的9月5日，当时距离我们的结婚一周年纪念日刚过去1个月。那时，我们努力活出大人的模样——那是我们年轻版本的大人——规划着未来，约翰是华盛顿特区的法国哲学研究生，而我则刚刚放弃康奈尔的一个艺术创作硕士项目。根据约翰研究生课程项目的要求，他有机会在巴黎教学和上课一年。我本来在马里兰的贝塞斯达有份稳定的好工作——在一间私立男校教英文，但有一天，在芒特普莱森特的公寓里，我冲完凉走出那一片蒸汽时，凭借24岁的清晰思路宣布："我们必须这样做。"几个星期之内，我们卖掉大部分所有物，我辞掉工作，买到能找到的最便宜的机票。

抵达巴黎之后不到一个星期，国内就发生了纽约世贸双塔被劫机撞击的事件。那晚，我们与家乡隔了一个大洋，在我们位于第三区的那间摆满了宜家家具的公寓里，吃着从街角买来的麦当劳汉堡包，看着电视上播放的新闻报道。这个世界就在这台小小的电视机里，真是不可思议。约翰跟我好像孤身漂荡进入了一个未知的世界里：全新的语言，全新的规则，全新的影像，让黑暗的夜晚越发漆黑，一座塔倒了，然后另一座也倒下了。

"等等，这是怎么回事？"我们互诉道。

9月11日，巴黎迅速进入警报状态，叫作"反恐计划"，顾名思义就是警惕海盗。地铁里派驻了武警，政府机构前面的广场上设置了路障，每个街区的垃圾桶换成了透明的绿色袋子，这种戒备态势直到次年夏天我们离开时依然如故。我卷了卷舌头，用我中学学的法语，从令人费解的法国新闻报道中提取出这个词："反恐计划"。

劫机的法语是pirates de l'air——"拦路的强盗"，我还学了个词terreur——"恐怖"，还有attentat——"暗杀"、état d'urgance——"紧急状态"、menace——"恐吓"和complot——"共谋"，后来又学到了guerre——"冲突"、manifestation——"示威"和ADM——"大规模杀伤性武器"。

我在看报纸和新闻时苦苦挣扎，在地铁里、杂货店过道、餐厅点餐时也遇到了重重困难。无论去哪里，我都带着笔记本电脑，在博物馆里游荡，在标新立异的咖啡馆里写作，希望没人跟我聊天。我一整天除了问好和谢谢，再不说其他。天黑时，我逛到精疲力竭，回到我们的公寓里。约翰学习新的语言和文化，跟我狼吞虎咽软干酪一样容易，他去上课，去听讲座，去看电影，去参加派对，去书店，跟讲法语的朋友们去酒吧，没有计划逃生路线就去巴士底狱附近参加大型示威游行，他还去乳酪店和政治集会。

有一次，约翰恳求我跟他一起去大学附近的电影之家，看一部叫作《社会学是种武术》的无字幕纪录片，是关于最近去世的法国社会学家皮埃尔·布迪厄的。电影之家里面只摆着折叠椅，没有暖气。即使这部纪录片是英文发音，但我还是看不懂——习惯和常识信念，结构和能动作用——在这部冗长的电影播放期间，我一直偏头看向约翰，发现他非常兴奋，充满激情，十分痴迷，他的脸上出现了我几乎无法辨认的情绪。离开电影之家时，我大发雷霆，因为我又冷又不舒服，又挫败又难堪，眼中噙满了泪水。

“我觉得你是故意要我跟你看这部纪录片的，”我说着冲向回家的街道，“你只是想让我意识到自己很差劲，你不可能真的喜欢这部片子。”

我说出那些话时，就知道自己错了。

“你在说什么啊？”他大喊着跟我并排疾走，“你怎么能不喜欢布迪厄呢？他的影片是一种艺术！而且，那么有魅力，又那么专注！他跟福柯和德里达不一样，他们也都十分才华横溢，举足轻重，但你真的无法想象他们俩会跟布迪厄一样参与社会革命。”

“拜托你别说了！”我大叫，“我真的不知道你在说些什么。我这星期上的法语课学的都是罗伊克和雅克去哪儿买洋葱！”

来到巴黎几个星期后，我在家附近的杂货店外的塞瓦斯托波尔大道旁看到一位女士跌倒了。她绊倒在马路旁上，手提包里的东西全撒在了人行道上，散落碰撞的声音像子弹声，听来非常危险。我看到一对游客躲闪着走过如弹片般散落在地的口红管、化妆镜、薄荷糖，一个持机枪的宪兵停在她旁边一脸苦相，他揉揉额头。

没人主动上前去帮她，我也没有，但是她很快就站起身，整理好自己。“我没事，”她用英式口音大声地说，带着点戒备，“别碰我。”

我们在巴黎生活的那一年，我感觉自己多半跟那位女士很像，总是磕磕绊绊，时时警惕，跟那里格格不入，喜欢独来独往，又害怕一个人。晚上的时候，我有时会跟约翰争论，直到说着说着睡着了。还有的时候，我们会吃完晚餐，站在街上接吻。

“我只是想让你能喜欢我喜欢的事物。”约翰恳求我。

“我也在努力，”我说，“但我觉得自己像个伪君子，别人分分钟就会发现我根本不懂，我最想做的是日落时安静地坐在前廊上喝威士忌。”

“那我也是伪君子，”约翰把脸埋进我的脖子里，“我不讨厌前廊和威士忌，拜托你再陪我在这里假装一阵子。”

“好。”我说。

我交了一群移居在此的朋友，经常去玛黑区喝咖啡，参加诗歌朗诵和写作小组。我参加了一个工作室，导师跟我说，那首关于我和妈妈在意大利旅行的诗，如果能分割成一首首小诗，再随意打乱顺序的话，会加分不少。我还手写了一册诗集。

一天，我在街上捡到一张掉落的海报，宣传的是电影《社会学是种武术》，我收了起来，后来回到美国后，我把海报裱了起来，在我们结婚周年纪念日的时候送给了约翰，现在那张海报还挂在我们的客厅里。

“啊哈！”约翰展开海报的时候说道，“我知道你一直都暗暗喜欢那部电影！”

15年后，我们又回到法国，我的后背也在慢慢康复，而巴黎则因为几个月前的恐怖分子枪击案和去年的《查理周刊》遭受恐怖袭击——就在我最初确诊前几天——的阴影，再次启动反恐计划。我们惬意地依偎在孚日广场的长凳上晒太阳，我看着往来的路人往绿色垃圾袋中扔冰激凌杯。附近的街道上传来几声尖锐的警报声，我看到人们纷纷驻足，看向附近的宪兵，街角咖啡店的服务生走到门口四处张望。空气中弥漫着一丝冷意，但很快人们就会跑去哪里喝酒了。

约翰找到了他过去经常流连的地方——穆浮塔街的一家书店。那里逼仄拥挤，我就在外面等他，背靠在一堵滋满了尿液的古老墙壁上稍作休息，看着窗户内的约翰抱着很多书在一排排书架前徘徊。15年过去了，我突然又觉得自己跟那个在塞瓦斯托波尔街上出丑的女士一模一样：一个恐怖分子，一群海盗，一个伪君子。我又听到警报器在呜咽，感觉像是冲我而来，又像是因我而起。愤怒的眼泪在堆砌。警戒状态的巴黎在我心头始终挥之不去。举目四望，每个人都在往某个地方走去，大家好像都知道该怎么抵达目的地。游客手中也都拿着地图。没有人像是身上绑了定时炸弹在街头游荡，还想着要对那些她最爱的行人说：“对不起。对不起。我为自己即将给你们造成的灾难感到很抱歉。”

拉丁区昏暗的克鲁尼博物馆在展览《贵妇人与独角兽》。我曾经一遍又一遍地在此流连忘返，审视这些中世纪挂毯：天马行空的想象，自以为是的猴子、兔子和野兽，镀金的贵妇人平和的眼神，臭名昭著的独角兽。他们乘着一块小小的蓝土地，穿越两个永恒的时空。好像不为人知的部分是红色和花朵遮住的部分。独角兽凝视着镜子中的自己。

我过去常常想独角兽在镜子里看到的是一匹马：不死之身窥探着终有一死的自己。我喜欢这一点，它发现了这一点却满不在乎。“没关系，我活过，我死去，而后会重生。”不过不是这样的：我现在发现这只传说中的独角兽透过镜子的折射与反射在寻找永恒。独角兽之所以自命不凡，是因为它从未真正存在过：它只是一种想象、一种想法、一种艺术，只是飘荡在古老的羊毛毯上的一场秘密骚动。

在克鲁尼博物馆那间展室里，参观者纷纷在此驻足，看得入神。贵妇人和独角兽冷酷的凝视，我们永远都无法完全理解。我们也凝视着贵妇人和独角兽，因为想知道他们永远都不会知道的事情：臣服于什么，何时臣服，为什么只能抵抗那么短的时间。我们是活着的人，必须不断问未来会发生什么，不过于忧虑，不期望太多。

在巴黎的最后一顿晚餐，约翰和我回到了以前特别喜欢的餐馆：阿纳希——法语发音很难——这是家小巧的阿根廷牛排餐厅，就在我们以前住的那条沃特博尔老街上，餐厅老板是一对年长的西班牙姐妹。餐厅很安静，因为我们去时才晚上8点，在巴黎来说，这个时间吃晚餐还太早。我们靠窗而坐。窗户外的巴黎人行色匆匆，从公司往家赶。哦，对了，对世界上的其他人来说，今晚只不过是一个普通的工作日夜晚。

餐厅里没有餐厅名字的痕迹，不过所有的装饰都在致敬过往：泛旧的地铁瓷砖，镀金椅子，天花板上褪色的Art Deco壁画，每个窗台都有很多融化的蜡烛。一整晚，我们都可以看到金缮修复艺术的光彩，那是一种日本修复破碎瓷器的艺术。我们俩在这里有种莫名的归属感，修葺好的开裂墙壁，补过的石膏，填了水泥浆的大理石，我们都融入其中。我们一半的回忆，已过去的半生。

“你40岁了。”我对约翰说。

“你也快了。”他说道。

在金缮修复艺术里，破损和修复与器物的历史是一体的，不需要掩饰什么。金缮修复艺术就是中年人、衣衫褴褛者、病人中的斗士。我把搭在椅背上的冬衣叠好放在身后撑着后背，灯光昏暗中，我拿起菜单。

老板变了，不过服务员跟我们保证除增加了一点点的“法式”风味，其他东西还是原样。精调鸡尾酒的时尚好像也来到了巴黎。约翰喝的是南美的“布莱特酸”酒，由波旁威士忌、蛋白调出来，也许还加了苦味剂。我点了杯柯尔酒，很好喝，不过很明显我输了。

晚餐的分量比我们印象中要大一些。以前，这里供应三种肉，都是写在小手写卡上的，肉是放在砧板上端上来的，配有带穗烤玉米和沙拉，每一道菜都特别美味。现在有了开胃菜、共享菜和配菜。我们随便点了几道菜。在一个勇敢的新世界里，我们都是幸存者。

我们先点了鳄梨色拉酱和酸橘汁腌鱼。服务员先上了小五香肉丸，我们蘸着绿辣酱汁吃。我说：“吃牛排之前，我们要先吃迷你汉堡！”约翰说：“这就是我理想中的汉堡包味道。”

鳄梨色拉酱配的是硬皮面包，酸橘汁腌鱼附了份食用说明：吃一口腌鱼，然后直接用烈酒杯喝下加了糖的酸橙汁。我们照做了，口感很好。我们已经对日渐变化的菜单释怀了。

牛排是肋眼牛排，差不多有一公斤，是“带血”烹调的。服务员还上了一碗蔬菜沙拉，一平底锅金黄薯条，还有我们点的红酒。上来的一小盘阿根廷香辣酱，可以在吃牛排时淋一点儿，但最后我们并没有用到它。牛排的纹路比凡尔赛宫的大理石还要精致，我们俩是无法拒绝美食的倒霉贵族。我们风卷残云般吃掉了桌上所有的食物，只剩下一小块厚厚的肉，不知怎么搞的煎到了中熟。

现在，餐厅里客人已经越来越多。我们略带醉意，谈论着艺术、回忆、痛苦和超然，甚至审视着曾经的自己。我们简单揣测了下，星期一见卡西诺医生时，她会说什么。但喝着无咖啡因的咖啡，吃着无可挑剔的法式焦糖吐司，我们差不多都在聊过往。

“这是普鲁斯特的玛德莲蛋糕，”我说，“人们应该叫它‘回忆’吐司。”

“哦，25岁，”约翰尴尬一笑，“以前我以为自己会成为法语学者。”

过去一个星期，我一直在面对过往，我知道并非只有我这样。当年我们离开法国时，约翰离开了研究院，他做出这个决定并不容易。他的研究生项目像进了个死胡同，所以他也申请了其他项目，但是很难获得奖学金。最后，我们决定我重读研究院，而他则转而争取进入法学院的机会，也许可以利用外语为移民服务。北卡罗来纳格林斯伯勒的一位写作教授曾提到他会坐在门廊前喝威士忌。

“没想到，你成了一位出色的律师，”我说，“你基本就是普鲁斯特的反面。”

“谢谢你，宝贝儿。你说的话，总是让人觉得很舒坦。”他说着握紧了我放在桌上的手。

我们穿过玛黑区，走回位于西堤岛的灯光温暖的家，不时听到街上女孩的笑声，漆黑的街角总是簇拥着一群年轻男子，女人们踩着高跟鞋背着托特包下班回家，路上传来高跟鞋的回声。天很冷，虽然我们很累，但是吃得很饱，我的背也在疼，但我们还是拉了拉帽子，合着他们的步调，步履轻盈地走着。

做完扫描后，我们乘坐蒂塔的小面包车从杜克赶回家，她告诉我最近读了一篇文章，里面提到一位作家在自己家一个很小的空间——她的壁橱里——工作，这样能让她觉得有所依，很安全，能够敞开心扉，诉说害怕的事。

我在教自己说出那些害怕的事。

“很有道理啊，”蒂塔说，“我是说，我的小说一直都没写完，很明显是因为我家没有一间可以在里面写作的小壁橱。”

她刚租了一间办公室，却越来越憎恶去那里。她一直为了怎么装饰办公室而困扰不已，比如用什么颜色的油漆，选什么书桌椅和地毯，这些都是阻止我们敲出一页页字的重要因素。

我想起了巴黎的那间浴室，想起了那台核磁共振仪。“你就得一直一直买家具，”我说，“把办公室填满了，你动都不能动，自然就会文思泉涌了。也许，你买得越多，写出来的字也越多。”

她说就是那篇文章让她想起了大学时修的一门文学课，叫作“罪恶研究”。在这堂课上，他们读了《贝奥武夫》《理查三世》和《创世记》，探讨我们的文化里多么害怕无法控制的混乱意象。（比如，剖腹。我们其实不喜欢看到内脏裸露的样子。）教授把这类东西叫作“卑鄙的意象”。我们规制事物，让它们成形，是为了不那么害怕它们。

对。精心记下自己的想法，能减少我们的恐惧感，这就是我写作的原因。比喻也能起到同样的效果，完好无损的身体也可以。有时候我担心控制事物，是为了不让自己感受那些恐惧。

克鲁尼博物馆有一组14世纪的与真人一样大小的耶稣石像——他去钉十字架的路上，然后被钉在十字架上，最后死在玛丽怀中——那么饱含人性，那么痛苦，那么坦然地接受一切。复杂的眼神，毅然决然的双唇。但就算在这么残忍的圣殇中，我还是不禁注意到耶稣的伤口，被雕刻成了最精致的割伤。没有了混乱。

呈现痛苦，却隐藏残骸。我听到蒙田在喊：“打开它，看看里面，感受它，将它写下。”

克鲁尼博物馆里还有一个地方：沿着耶稣那组石像下楼，可以看到一间明亮的石灰岩展室，里面陈列着一排排巨大的雕刻头像，大多数都很惨白，偶尔可以看到些许残留的颜料碎片，证明这些头像曾经有着泛红的脸颊、蓝色的皇冠。这些头像的标签上写着：1220年，《国王头像》和《天使头像》，来自原巴黎圣母院的正面。然后，沿着一道独立的墙，来到一条陈列着一排排的躯体雕像的走廊，这些雕像像唱诗班，我想之前那些头像应该是这些躯体上面的。这些尸体。

我喜欢凝视他们那些空洞又巨大的脸庞。嘴唇微启的头像最有趣，仿佛他们在说话时被打断了，一直耐心地等了这8个世纪，等着再次说话。在社会保障办公室等待申请残疾证明时，我一直在想那张脸，耐心、平静、优雅。我还在想象一拳打在他们脸上，尝一尝石头粉末的味道。

蒂塔说：“你腰椎第12节旁边那个新亮点，你怎么看？”

“哦，我也看到了。”我说。我看到它在屏幕上闪闪发光，就像个深处黑暗水流中的磷光水母，“我想我们只得等等看。”

不知道怎么回事，我们还是永远都不知道接下来会发生什么，明天我们总会知道更多的信息。不知道怎么回事，现在学校通知明天停课，网络上也说整个区明早天气都不好，雨夹雪变成冰雹，也许稍后又会下雪。

7

死为何物

天气稍稍合适一点儿，爸爸就会骑着摩托车，一直沿着小路驶进弗吉尼亚的群山中，找个适合的地方吃炸鸡当午餐。在天气暖和的周末，爸爸会骑着摩托车载着本尼环城骑20分钟左右。弗雷迪对骑车不感兴趣，他从小就很讨厌噪声，但本尼对此特别痴迷，他跟我爸爸喜欢边说“极速快感”边击掌。

我的脊椎断了，这些天一直待在家。

放任孩子坐摩托车这样轻率的行为，本来不是我的作风。当然，他们戴着头盔，爸爸最注重安全了，但平心而论，这种行为并不谨慎，甚至可能都不合法。不过，这完全是另一码事，既冒险，又不可思议。我想起自己车里的五点式安全软垫座椅，人类的逻辑竟然可以扭曲到如此不可置信的地步，我喜欢看本尼双手牢牢地抱住我爸爸的腰。

本尼跟我说，他最喜欢的就是在摩托车疾驰的时候大声喊叫。“我尖叫着‘噢噢噢——咿咿咿’，感觉特别爽！”

爸爸跟我说，有一次他们一起出去，想骑远一点儿，顺畅地骑了

15分钟左右，刚出城他就感觉到本尼的双手有点松了，他的头盔靠在他的背上。本尼睡着了。

“别睡，本尼，醒醒！”他说着轻轻弓了弓腰，想叫醒他，又不能吓到他。

本尼醒了。

“你不能再那么做了，”等红灯时，爸爸说道，“那样不安全，你必须一直保持清醒，才能抓紧。”

“但是真的特别舒服。”本尼说，回家路上他一直都保持清醒。

有时，我也会想起这种感觉，我能想象稍稍松手的感觉，温暖、危险、诱人。如果那就是死亡的感觉怎么办：在你身下稳速前进的引擎，那些紧紧抱着你的人，和煦的阳光？

我想也许爱上那种感觉也没什么不好，松开紧握在别人腰上的手，让地心引力和命运主宰一切，这像是一种好到令你无法抛弃的念头。

8

梦里的妈妈

“我做了这样一个梦，”有一天我跟爸爸说，“妈妈回来了，她很生我们的气，在她的卧室里一直大吼大叫，说我们不肯释怀或没有处理好其他的事。比如，我们就看着植物枯萎，把脏碗碟堆在洗涤槽里，还没有给狗狗床吸尘，诸如此类——有点像她突然间开始对某件事固执己见的星期六清晨。她跟你说所有要在劳氏买的东西，我跟她讲道理，但一点儿用都没有，于是我把你拉到门厅。‘这样下去不是办法，我们必须找谁调停一下！’我说道，‘我们得跟她说她是鬼，不应该出现在这里。她总出现吗？’然后你说：‘对，好吧——这些天以来，她几乎每周末都在，下午我下班回家时，她也在。’我说：‘爸爸，我们得跟她说她死了。我们得让她知道不能老来这里，不能跟我们说要做什么。’”

爸爸大笑起来。“真是太奇怪了，”他说，“我昨天做的梦几乎跟你的一模一样。我坐在露台上，她勃然大怒地跟我说哪些地方没有清理杂草，还跟我说车库所有需要修补的地方。”

我可怜的妈妈，她给我们留下了雷厉风行的传统。爸爸跟我坐在门廊上，互碰了下啤酒瓶，望着天空。

9

你一直孜孜前往的地方

妈妈去世约6个月后，我们的读书会重新启动了。大家从没有正式讨论过这件事，但是有一天，安妮发出一封电邮，邀请所有人去她家。我们从容地将椅子拖近了一点儿，聚在一起，各自说着玩笑话，我们从6个人变成了5个人，这竟然使人有点儿震惊。我一直在想，她去哪里了？

“我从来都不敢想象失去了她的读书会是怎样，但现在我们再次聚首了。”我对大家说。我们坐在安妮家的客厅里，围成一个圈，碟子和酒杯搁在旁边的桌子上，我们的手中都捧着书。

我们选的是海伦·麦克唐纳最新出版的回忆录，写的是她在父亲突然去世后，如何痴迷于训练一只苍鹰的故事。这本书的黑暗无其他书可及，甚至封面差不多都是全黑，好像我们每个人都手捧一座小小的坟墓。

“好吧，现在读这本书可能并不是最好的时机，”琳达说，“我一点儿都读不进去！”大家纷纷大笑。我们都记不清当初为什么选这本书了。

“而且，素食主义者或胆小的人绝对不适合读这本书。”蒂塔说。

这本书里面全是生肉、老鼠尸体，而且是站在捕食动物本能的角度进行描述的。我很喜欢。

“很奇怪，”我说，“此刻，我根本不觉得一本书能有多阴暗。”

我这些天喜欢的东西都不太好，不过没关系，或者也有关系。蒙田怀疑道：“你一直都朝着某个地方孜孜前行，但你会不会觉得永远都无法抵达？”

10

根本睡不着

大概在我的癌症转移8个月之后，金妮的癌症也转移了。“你那艘该死的船上还有地方吗？”她在医生办公室给我发信息，“肺上，骨头上。貌似我们沿着乳头高速公路前进的旅程走进死胡同了。”

次日，她卖掉了马自达跨界车，换成一辆红色甲壳虫敞篷车。接下来的那个周末，我去查尔斯顿拜访了她，她带我出去兜风，过了一段改编版的《末路狂花》时光，但我们都知道，每个人偶尔都会想做点危险的事。

“我晚上睡不着。”她说。开上通往棕榈岛的大桥，我们俩化疗后的头发都微微卷起，在风中恣意飘舞。“我就是太他妈难过了，根本睡不着。”

11

余烬

4月，我做了最新的扫描——所有的肿瘤暂时稳定，没有恶化。

作为癌症第四期病人，其实我并没有期望会有如此的结果。我没料到暂时得以喘口气，没料到灾难般的消息之后会跟着好消息。

我反而开始注意这些事情：在北卡罗来纳格雷汉姆旁边的40号州际公路出口匝道路肩上，有一座孤孤单单的“余烬”汽车旅馆。我不知道它的经营状况如何，但我希望它有过辉煌的日子。而且，我同样希望这个名字永远都不会变。如果我有一天精神崩溃，想跑出来跟快递男来一段风流韵事，请首先来这里找我。

这里大部分时候都很安静，人行道上偶尔会停着清洁杂物车，整洁幽暗的客房门口放着一把折叠金属椅，停车场里停着一两辆车。虽然我以每小时70英里的速度行驶着，看不清太多细节，但我仍觉得人们在这里入住，会一住就一周或一个月。去年我多次往返于杜克癌症中心，这家旅馆倒数第二间客房外面停着的那辆小型摩托车一直使我目不转睛，它几乎每次都停在那里。

摩托车在对我咆哮“写一本关于我的小说”：它忠心耿耿地停

在那间客房外，坚硬的小行李箱装在车后座上，用来运送各种身外之物，驾驶员有可能因为醉酒驾驶才买下这辆摩托车。去年摩托车主人成年累月地住在其中一个拉下窗帘的房间里，她（可能是个女主人公吗？）努力振作精神，申请54号公路立交桥下那间松饼屋的工作。她每晚都郁闷地躺在凹凸不平的床垫上。我感觉去年这一年里，我们俩可能有些共同的故事——等待燃烧。

金妮从查尔斯顿赶到杜克，看医生对她的病有没有第二意见。我跟她说过小型摩托车的事，她便在开往达勒姆的途中绕出匝道，停在那间汽车旅馆前。她在停车场发给我一张照片，汽车旅馆房门上弯曲的房号上悬挂着心形花冠。

“小说情节越发复杂了。”她写道。

我们给虚构的女服务员取名莱娜，然后我们设定她在找她父亲——莱尔——但她只有父亲的一张老照片，还有她在妈妈去世后在衣柜里发现的这个心形花冠。由此，我们莫名想象出这个世界上存在的无数种脆弱和故事。

预约做全身扫描那天，周末去沉思冥想的卡西诺医生提醒我目前必须跟肿瘤共处，而不是试着去推断未来会如何。

“我不是在跟你承诺什么，我也不知道这代表着什么，”她说着从椅子上转过身，“但是，让我们暂且停在当下，此刻承认这是个好消息。”

我看着她时，她闭上双眼，好像进入了冥想状态，放松腹部，呼气吸气。

然后，片刻或更久之后，她忽地睁开眼：“你知道——不要抓得太紧，也不要太过放松——这跟佛教徒说的是不是有点像？”

“我的天哪，是啊！”我想大喊，而且，“如何才能做到？！”

这才是我整个人生的关键，说实话，这是我们每个人人生的关键，不管我们有没有察觉，承不承认。

我由此想起一位表亲，她的丈夫在去年由于身患残酷的癌症，很快就去世了，最近她发给我一封电邮：带着末期癌症生活，就像是在无比骇人的深渊上面走钢丝，但是就算没有末期癌症，人生也是如此，只不过周围的云雾让脚下的深渊显得没那么清晰可见罢了。有时候风会吹开云雾，有时候云雾会浓得化不开，遮住了我们的脚下。

说到深渊——听医生宣布了那则好消息后，我们回到家后，我有史以来第一次登录谷歌查询了自己的存活率。虽然别人跟我说过那些数据毫无意义可言，但是就目前的情形而言，我的存活率真的低得可怕，这对我来说不是什么新消息，不过直视那刺眼的屏幕对我来说仍然是种挑战。

之后，我再也没看医疗网站，又重新关注起“余烬”汽车旅馆。我搜了网上的资料，偶然间发现了一个冷门的旅游网站，于是我对这家旅馆的历史有了些许认识：一位匿名投稿者在聊到他父亲还是个少年时，曾在隶属于汽车旅馆的牛排屋打工，他的同事——汽车旅馆的女服务生——嫁给了大联盟投手汤姆·扎卡里，他是北卡罗来纳格雷汉姆本地人，促成了1927年贝比·鲁斯破纪录的全垒打，因此声名大噪。

现在“余烬”牛排屋所在的地方变成了一家香烟折扣店。

扎卡里打了近20年的棒球，于20世纪60年代末逝世于州际公路旁的伯灵顿。我想象他的妻子，也就是那位女服务生，日复一日地为客人续水，汗如雨下地询问客人的牛排要几成熟。姑且就叫她“费丝”吧。我想象她骑着小型摩托车沿着54号公路行驶。

往返于癌症中心做放疗时，我曾经连续4天看到旅馆前原本停放的那辆小型摩托车不见了。

“一定发生了什么坏事，”我一直对约翰说，“我就是感觉得到。”

“不一定是什么坏事，”约翰说，“有时候那只不过是正常生活中的糟心事而已。”

我坐在副驾位上，有些怀疑地盯着他。

有一次，我注意到“灰烬”里有的房间的门是开着的，门框上绕着黄色封锁带。

“我的天哪。”我说。

“嘿，别这样，不一定是因为罪案拉起的封锁带，”约翰说，“也许人家在改建，提醒大家‘油漆未干’。”

下一次我们开车经过“灰烬”时，封锁带没有了，白色小型摩托车又回到了原来的地方。

我们摸索着走向未来。春天来了，我们在花园里又种上了植物。我们在后院的火坑里烤复活节棉花软糖。兔子和蚊子出来了。我的光头上又长出了鬈发，懒懒地萌生出来。我又开始做物理治疗和普拉提了，尽管鉴于我只有一两年的存活时间，脊椎医生认为这些事“可能不值得”。

我吞下一瓶又一瓶的药丸、草药和维生素；我往脚上擦乳香提高抵抗力，减少炎症；我练习放松腹部呼吸。孩子们报名参加了棒球和游泳队。我在他们发烧时照料他们，在各种家长同意书上签字。约翰下班回到家时，他上楼下楼搬了很多篮衣服。

约翰扛起了那么多东西。

我们在吃晚餐时哈哈大笑，互相挖苦，又试着控制自己不那么做。我们又开始制订暑期计划。听说太阳上形成了一个相当于50个地球大小的洞，我们为之着迷，人们叫它日冕洞，炙热的等离子体以每秒500英里的速度，每天每分钟都在往太空中喷发。

“我们有危险吗？”本尼问。对他而言，恐龙灭绝绝不是遥远的事，“那些东西烧得那么炙热，离我们这么近，就连科学家都不知道是怎么回事，这不是很糟吗？”

“他们不太确定，”我说，“类似一个谜，但是大家都不会特别担心。”

同时，我们读到的报道告诉我们要提防日冕洞美丽的副作用：泄漏出来的炙热等离子体已经在地球上引发了壮丽的极光。天空像着了火，但基本不会有事。

我们驱车前往医院时，路过“余烬”汽车旅馆，看到那辆小型摩托车停在旅馆前面，我有种预感，我的扫描结果会很好。

我兀自想着：“莱娜和我都是一个月一个月地过着日子，状态始终保持稳定。一场可控的大火，非常可怕，但也有可能就这样好好地再过很久很久。”

12

娜塔莉·波特曼会怎么做

有时候，任何东西都让我觉得非常悲伤：烤奶酪三明治的味道，袜子有多舒适，约翰在厨房里放的歌。有一次，他播放着罗顿·万莱特傻里傻气的歌，是我们刚结婚即将写下新篇章时，我在贝塞斯达男校上下班途中常听的歌，并把它收录到了自选曲集磁带中。想到一切转瞬即逝，我突然放声大哭起来。

弗雷迪过来看到我正在床上抽泣，而我也没有想要刻意掩饰。

“怎么了？”他说着爬上床，凑到我旁边，拍着我的肩膀，“你在伤心什么？”

“我想到我就要死了，”我说，我不知道应不应该对9岁的孩子说这些话，“而且我那么爱你。”

“天哪！那很沉重，妈妈。”他说，“伤心的时候，我就会打鼓，改天你也应该试试看。我进房间的时候特别生气难过，但是打完鼓之后，就觉得像换了个人。”

“那真是太好了，”我说着擦了擦脸颊的泪，想理直气壮地搅了邻居乔茜和乔刚出生不久的孩子的睡眠，甚至还颇为兴奋，“我这些天应该试试的。我敢打赌，我一定会很喜欢。”

在我电影版的人生里，一天，约翰在上班，孩子们在上学，那些即将消泯的海浪又席卷了我，我偷偷往弗雷迪的房里看，决定打一通鼓，一边哭一边打鼓，然后找回自己的平静感。我知道自己大概永远都不会那么做，但不管我何时看向他的房内，都喜欢如此想象一下。就像娜塔莉·波特曼还有其他哭的时候鼻孔不会扩张的漂亮女孩一样，俯身撑在架子鼓上，对着整个宇宙歇斯底里，直到精疲力竭。

13

战场大道旁

在科学中心的外面，一只叫作基萨的母老虎死了。我在当地的报纸上到处搜索，但关于此事的具体信息并不多。这只老虎还有一个月就满12岁了，它一直行为怪异，患有子宫感染，经历了紧急手术，还没有完全康复。现在只剩下那只公老虎——艾克索。

我不记得上次去看这些老虎是何时了，因为孩子们慢慢到了不喜欢定期去科学中心的年纪。但是读到基萨去世的消息时，我的脑海中充斥着过去那些日子的画面：婴儿车、尿布、麦圈、鸭嘴杯，仿佛绝地求生般地活了下来。儿子们沿着小径跑着，穿过那些狐猴——被抛弃的狐猴——径直跑向那些老虎。每次都是这样，他们只想看老虎。“小兽猫！”他们喊叫着，“我要跟你们一起咆哮！”

这样的日子会一直继续下去：梅丽莎跟我推着亮色婴儿车沿着小径走，讨论着乳腺炎、自闭症症状，学校是选蒙特梭利还是华德福，结扎好还是口服避孕药好。对于整天都在工作的丈夫，我们都很生气，对自己的生活也很生气，这么渺小，又这么漫长。我们谈论着偷走朋友的女儿生命的脑膜炎有多恐怖，她只有16个月大。我们无法想象，无法想象，无法想象……“慢一点儿，孩子们！”我们喊，“你们得跟我们待在一起！”还有奶酪条、盒装果汁、坐马桶时间，“你们真的觉得就这样对老虎咆哮是好主意吗？”

艾克索在围栏边界处徘徊，踱来踱去，居高临下地盯着孩子们，看着他们沾满了红色果汁的手指，还有黏糊糊的嘴。站在石头上的基萨，凝视的地方远远高过我们的视线。我们开始说是时候午休了，快跟老虎说再见，然后回到停车场里，将婴儿车折叠起来，塞进大篷车里面。

艾克索现在会跟谁进行精力旺盛又高频率的性交？谁又能百分之百确定，战场大道旁的树丛中潜伏着怎样的危险？谁又会听着经过的汽车声，听着从头顶掠过的、永远不会降落在这里的鸟儿？

我从报纸上得知，老虎是从伯灵顿保护中心（从“余烬”汽车旅馆处的出口出来，往北行驶，距州际公路大约一个半小时车程）来到格林斯伯勒的。

14

放疗夏令营

现在是7月，学校放假了。我感觉他们已经放了很久的假，好像会永远这样放下去。这天早上，狗狗们闹了点矛盾。它们通常嬉戏打闹，互相咬耳朵和爪子，一玩就是好几个小时。孩子们将这种打闹称作“清晨比赛”“下午进攻”和“晚间决斗”。但今天，它们的打闹有点激烈，一只在呼救，另一只在咆哮。“清晨比赛”时，一只狗狗撞翻了饮水碗，另一只则溜到餐桌底下生闷气。也许，孩子们不在，它们就来补位，好让屋子里一直争执不断。

儿子们参加的为期一周的癌症夏令营已经结束，约翰刚刚出门去接他们回来，我想不能再用这么云淡风轻的语气说“你们回家了”。Kesem夏令营接收的都是父母罹患癌症或死于癌症的孩子，是孩子们可爱又美丽的小巢。我原本想跟约翰去谢南多厄河谷接他们回来，但我去不了。因为最近的这次放疗累垮了我。

我的胸椎第七节上又长出了一个新肿瘤，腰椎第二节上也发现了很多新肿瘤，臀部也是这样。医生在这次治疗中设定的辐射剂量，远高于我已习惯的剂量，而且因为肿瘤紧挨着脊髓，所以放疗的精准度更加重要。医生给我做了个人体模型，治疗的时候可以借此支撑身体，让我一直以同一个姿势接受治疗。

“稍微往上蹿一蹿你的支架，”放疗医生尼尔逊对躺在金属台上的我说，“我们要让激光束排成行对准你腹部的十字。”

放疗的45分钟里，我都在调整角度、测量、挪上挪下、等待，高举过头的双臂都麻木了，而且开始抽筋。上次治疗结束后，坐车回家的途中我一直在吐，现在还脱水。我扭了扭肩膀，尼尔逊的搭档凯莉几乎瞬间出现在我面前。“你不能动，亲爱的，就算哆嗦也不行。现在我们不得不重新成像了。”

“真抱歉。”我说着，努力不让自己哭出来。

“我知道，”她说着轻轻拍我的大腿，“这不是你的错，但你必须再努力一点儿。”

过去5天，约翰和我坐在一起，做着同样的事：沉浸在家里安静又整洁的环境中，坐在沙发上吃晚餐、喝啤酒，吃饼干、奶酪，同时每隔两分钟都会刷一下夏令营的脸谱页面，看他们发布的数百张照片。我们大概跟其他送孩子去夏令营的父母一样吧。

“你看到弗雷迪突然出现在顾问合影的那张照片里了吗？真是他的风格。”

“看到了。你看到本尼跟他的毛绒动物玩具一起坐明轮船的照片了吗？我想他是在笑，是不是？”

我们俩都很紧张本尼，因为他是最宅的宅男，又是参加夏令营的小孩里年纪较小的孩子，而且固执到让人跳脚的程度。

不过，夏令营的工作人员打电话给我们，却是因为弗雷迪的事。是乔伊打来的，她的夏令营昵称是“春天”，“乔伊”这个名字已经非常好听，很适合做夏令营昵称了，对不对？大家都为自己选了夏令营昵称，指导员分别叫“沙袋鼠”和“莲花”。

“‘狐步’和‘鸭嘴兽’都没事，”她说，“但是‘狐步’过去几天有点行为问题，别人让他做什么的时候，他有时候会不听，昨天‘上床睡觉’时间，他跟朋友大打出手，用膝盖顶了那个男孩的私密部位。”

哦，“狐步”。

“很抱歉，不过听到这消息我也没有特别惊讶，”我说道，“‘狐步’在家也有这些问题。”

“也不要紧。”她说，“他聪明欢腾，对自己的糖尿病护理也超级认真。我只是不希望隐瞒你们，因为如果他继续这样的话，下次Kesem夏令营我们就不欢迎他参加了，我们这个夏令营本来就很敏感。”

“当然。”我说。我躺在床上握着手机，眼上捂着熏香睡眠眼罩，以压下恶心。“我明白。”你恶心想吐时，还听到孩子即将被癌症夏令营踢出来的消息，抬头仰望可能有点帮助。

有次回家的路上，我坐在车里，往麦当劳袋子里吐个没完没了，爸爸——我可怜的爸爸！——在格雷汉姆上空的云朵中看到了艘飞船，距“余烬”出口并不远。

“看那个。”他说。我们在高速路上看向天空，欣赏那种无声、几乎无法察觉的移动。我喜欢那种看似毫无目标实际却并非如此的移动。它只是一种很微妙的移动。没有希望，也不带有一丝绝望。那不正是伊萨克·迪内森对写作的描述吗？活着也是如此。

“说到‘鸭嘴兽’，”“春天”在我们挂断电话前说道，“他自有主张，对不对？他做得很好。”这真是意外之喜。

这场持久战始终让人感到云里雾里。虽然我体内的癌症病情总在变化，但除了放疗，也没有什么别的治疗方式可选。乳腺癌（还有很多别的类型的癌症）目前最受青睐的治疗方法是免疫疗法，但通常只有通过临床试验阶段才能接受这种治疗（要不就像卡西诺医生说的那样，我要为杜克医院捐献一栋大楼之类）。

不幸的是，我还不够资格参加这些临床试验。必须在癌症远端转移后，经过一轮化疗也无效之后，我才有资格参加。没关系，但问题是卡西诺医生极力坚持，她认为，现阶段是我的免疫系统发挥了作用，体内的癌细胞才没有像野火一样迅速蔓延，所以再进行化疗也于事无补，那样只会削弱我的免疫系统。

“如果只是为了获得临床试验资格，你就不能假装吃下化疗药吗？他们怎么会知道？”爸爸问。

想到这种小小的叛逆行为，我不禁为之一振。

尽管如此，美国所有的免疫疗法临床试验目前还是随机且盲测的，也就是说你只有三分之一的机会能够拿到真正的药物，而不是安慰剂。

短期抗战：狗狗们还没有完全安静下来。约翰应该在下午3点左右带孩子们回家。麦克达夫在前门站岗，星期六早上，每当它听到剪草机的咆哮声、除草机的声音、咔嗒咔嗒行驶而过的自行车，都会狂吠不止。

埃莉躺在床脚。它的听力和视力都不那么好了，不过如果它感觉到我在床上翻身，就会瞬间站起身，盯着我看。“我们要做什么？”它似乎在恳求，“接下来呢？”

“我不知道，你这个疯女孩。”我告诉它，轻轻拍它的头。

“我们等等看吧。”

15

清单

约翰是超级明星爸爸，不过我还是在手机里列了个清单，因为我担心有些事没人会教我的孩子。比如，餐桌礼仪、玩拼字游戏时如何不打架、长除法、如何轻装上阵、如何从冰箱里找到橙汁……

“让我们大声说出所有可以帮爸爸照顾我们的人。”一天晚上，我哄躺在双层床下铺的两个儿子睡觉时，弗雷迪说道。

他们俩还是喜欢一起睡。

我们列了个清单。

“天哪！我两只手都数不过来。”本尼露齿笑道。

弗雷迪冲我伸手要我抱抱他，什么也没说。

16

跳来跳去

约翰午餐休息时，我开车去接他，要一起去医疗用品店约会，给我买根手杖。因为我的臀部和骨盆都有肿瘤，所以四处走动对我来说越来越费劲。约翰想劝我选那种打猎用的伪装颜色，还劝我买一根明显很像他中学时期迷恋的《指环王》小说里的手杖，不过我最后选的是根深蓝色手杖——舒服的橡胶握柄，还带有花卉图案，像是20世纪60年代的浴室墙纸。我佯装自己将引发尚不为人知的时尚潮流，就像吸电子水烟、伐木工人胡子或骨头汤那样的风潮。手杖，行走的新边界。就像走路，只不过更好点。初次体验，冷压行走。

我拿到手杖后两天，约翰、蒂塔、德鲁跟我一起去听闪耀大师的演唱会，晚上9点以后开始，就在市中心的大型停车场。目前来看，我们既不是最老的歌迷，也不是最年轻的。闪耀大师还差两年就60岁了。我们跳着舞，在人群中碰碰撞撞，放纵了一个半小时。他演奏混音般的《跳来跳去》，我拄着手杖跳得更高了。

次日，我下不了床，不得不服用双倍剂量的芬太尼止痛，贴了张更大片的芬太尼贴片。一旦增加了剂量，似乎就再也无法降下来了。

17

职业女杀手

一天晚上，我做了个梦，梦见自己被职业男杀手跟踪——还是职业女杀手好了。她戴着徽章，打扮得像律师，但衣服稍稍有点凌乱，操一口法式英语口音。她跟踪我好几天了，我终于转身直面她。“听着，你不必这么做，根本无济于事。”我说道。“抱歉，”她说着把枪掖到西装外套里面，“我必须这么做，职责所在。”

“拜托，”我继续跟她说，“我有孩子，他们还很小，很需要我。你能再让我多活几年吗？如果能让我再陪他们几年，我保证之后一定会利利索索地跟你走。”

在梦里，我哭得歇斯底里，从没这么绝望过。那种情形太过残忍，太令人难过，超乎我的想象。

“那我们再看看，”她说着耸耸肩走开，“我看我能做点什么。”

醒来时，我跟约翰说了这个梦。

“天哪！”他面无表情地拉我入怀，“设想一下，如果那样的事真的发生在你身上会怎样。”我听罢捶他的胳膊。一整天，我都心神不宁，为自己再也无法去感受的东西担忧不已。

18

成人监护

如果我说在金妮的癌症扩散的同时，“余烬”汽车旅馆前又出现了一辆小型摩托车，跟之前的一辆摩托车一起停在空落落的停车场上，你会相信吗？后来，两辆摩托车一起不见了几次，但一般情况下，那里至少停放着一辆。其中一辆有遮篷，另一辆就那样暴露着，任风吹雨淋。

金妮的癌症转移到了肺部，她的肿瘤比我的更容易进行活检和测量，所以她能接受免疫疗法了。其实，她一直在找寻临床试验的机会，而且北卡罗来纳州大学医院（UNC）貌似有个很不错的选择。她签署了几千份同意书，接受了痛苦的支气管镜检，又等了好多天实验室出结果，最后还需要历经一段史诗般漫长的等待期，看自己到底能不能获得资格。实验室必须将金妮的部分肿瘤组织送往欧洲。很显然，某位欧洲官僚主义者误了事，起码UNC临床试验助理是这么说的。

很多天过去了，几周过去了，这对于患癌的病人来说，就好像是几年甚至几十年，好像生命最后的日子疾驶在繁忙的州际公路上。

“临床试验还是没消息。”一天晚上，金妮发信息给我，“我喝了两杯伏特加，要睡了。”

“关键是你在照料一些重要的事。”我回信息。现在还不到晚上8点，而我也独自躺下了。

她告诉我说她开始考虑录音，等孩子们长成青少年，时机合适时，她的姊妹会将之发电邮给孩子们，教他们为人处世的道理。

她的儿子跟弗雷迪一般大，她会在录音中对他说：“除非你一个人待在房间里，除非你在洗澡，不然一定要让‘它’待在你的裤子里；不要让阿姨去你的房间里四处找僵硬到嘎吱作响的臭袜子。你完全可以搭飞机，只不过要注意。”

她答应我，如果我需要，可以借来用那一条录音。

至于她11岁的女儿，她会在录音中对她说：“如果有男孩抓住你的后脑勺，想拉你的脸到他的胯下，那你绝对不能接受（除非他刚刚钻到你胯下……就算这样，我想你最好还是离开）。”

我心里默默说了一句“哈利路亚”。我一直想要个女儿，甚至都很嫉妒有女儿的妈妈。不过想到要在坟墓里教育青春期的女儿，那好像比末期癌症还糟糕。

金妮又给我发了一则信息：“孩子们，在跟别人亲热时，一旦觉得害怕，突然想到‘该死，我妈妈能看到’，这时请记住，如果天堂存在，而且如果我在天堂，能看得到你们在做什么，我就会礼貌地为你们拉下窗帘，给你们隐私的空间。至少，我想我会试着那样做。不，也许我会看着你们，以免你们做出令人恶心的事。”

很奇怪，我很喜欢这条信息，自妈妈去世以来，我就一直在想，死亡好像让我们变成了比父母健在时还强大的人。现在，她应该会神奇地知道，我基本不怎么清扫楼下的淋浴间，也不怎么会结算支票余额，还有我已经连续三天穿着这条牛仔裤了。

孩子们小一点儿的时候，约翰和我跟他们说，“监护”这个词是指别人会像超级英雄一样拥有全视的能力，大人们尤其有这种能力。比如，成人监护、父母监护，我们就有这种能力。比如，按摩浴缸上面写着“需在父母监护下使用”，就是为了确保你在按摩浴缸内的安全，父母必须有“监护”的超能力，不管大人看不看你们，他们都知道你们乖不乖。

也许有时候走运，有时候能凭直觉猜到他们做了什么，所以这个策略也算有用。但也许我死时，他们能更笃信我的超能力，而且这种意识恰好可以在他们青春期时得到强化。我不希望他们太过偏执，不过我也不介意撒个无伤大雅的小谎，让他们老老实实的。金妮的朋友李跟她丈夫骗孩子们说，如果冰激凌车音乐响起来，就说明车里的冰激凌卖光了。相比之下，我们的小谎简直是班门弄斧。

“如果我们一直开着邮箱账号，把密码告诉你姊妹跟约翰，如何？”我回复她，“那样的话，如有需要，他们就可以直接收到‘妈妈在盯着你们’的电邮了。”

“完美。”金妮说，“我们事先写好邮件，我姊妹还有约翰只需要点击发送就好了，‘弗雷迪，我发现你一直在电脑上看黄片。这样不好，一点儿都不好。这是对女性的不尊重，而且你有可能因此失明。请合理利用时间。爱你的妈妈’。”

最终，金妮加入了临床试验。在此期间，只要她的病情不马上加重，只要她不在安慰剂组，免疫疗法就有五分之一的可能性奏效。

也就是20%。金妮的肿瘤医生告诉她，有效的话就堪称奇迹，否则就完全无用。

“最起码，我在那里毫无压力，”金妮说，“不用每天醒来都要面对巨大的压力。”

金妮做临床试验肺活检的前一天晚上，我们在市区的一家高档酒店碰面。她最好的朋友李跟她一起，我则跟蒂塔一起。在那样一个秋天的晚上，我们四人坐在酒店餐厅的露台上喝鸡尾酒，跟城里外出寻欢的女性别无二致。服务生过来点着了煤气取暖炉。

“看到你们早早出来，玩得这么开心，我也很开心，”他说，“今晚适合玩乐。”

其实，我们这么早出来，是因为金妮在午夜过后就不能进食或喝东西了。这天晚上，我们坐在豪华的特大号露台沙发上，她靠向我，而我也靠着她，我听到她说：“我一直在给孩子们买长大后的衣服，是不是一团糟？昨天，我去癌症中心附近的奥特莱斯，买了一堆12号、14号的男孩裤子，还看了很多舞会礼服。”

“完全是一团糟。”我说。

我是说，我的朋友，那是我听过的最明智的做法了。我是说，这个世界残酷无比，同时又妙不可言，永远都不乏惊喜。

19

不知道该如何撒手人寰

一天下午，我在从杜克癌症中心回家的路上瞥见“余烬”停车场上有个人，那个人只可能是莱娜。两辆小型摩托车都停在那儿，房门也开着，她穿着紧身牛仔裤，手中拿着根香烟，跟破旧不堪的跑车里的人说着话。她比我想象中更丰满，有着亮桃色皮肤，披散着金色的头发。

“那是莱娜！”我叫道。约翰也大叫：“天哪！别叫了！你要让我撞车吗？！”我依然在叫：“莱娜！放下那根烟！”然后约翰说：“莱娜当然要吸烟，你都在说些什么？”我说：“我真不喜欢在车里跟她聊天的那个男人的样子。”

“好吧，我大概应该停车，掉头开回去，让你跟她说一下你的看法，顺便宣扬一下你的吸烟公益广告。”约翰说。从杜克开车回家的路上，他总会揉揉我的后颈，但是因为我吓到了他，所以他停了下来。我希望他会继续。

莱娜总是做出糟糕的决定。她花了四分之一的薪水在奥特莱斯商场买了双高筒靴。她睡过头，错过了自己申请的注册助理护士项目的筛选面试。在华夫饼屋，她对无理取闹的客人最是笑容满面，比如那个想方设法去切诺基赌场的人，那个暗示她只穿靴子是什么样子的男人，还有那个无家可归、失去女儿监护权的男人——因为他妈妈在他们住的公寓内做日托工作，一个3岁的孩子将果汁洒在了他的微软游戏机控制器上，他就骂那个小笨蛋吸他的玩意儿，现在他面临儿童性侵犯的指控。

但是，莱娜也做了一两个明智的决定。有时候空调在晚上出现故障，那个丧失女儿监护权的男人打鼾又放屁，屋里闷热不堪，她腿上的汗毛因为汗渍而黏在一起，所以她骑上小摩托，沿着54号公路向南行驶，一路来到县里。这时她摘下头盔，想挥霍几块钱的油钱，全速行进，也不算太快，足以让贴在颈后的头发飞起来，她也可以在空气纹丝不动的时候体会微风拂过的感觉。

还有时候，她从汽车旅馆溜出去，轻轻走到香烟店后面。那里有几把椅子，供员工吸烟休息。她喜欢拉出把椅子，拉到最前面坐下来，脚也放到椅子上，看着州际公路往西向格林斯伯勒延伸，接下去是温斯顿，然后是没有灯火的地方，也就是群山中的切诺基。莱娜在开卡车的那段日子里，经常说起地平线上绵延数百英里的群山，它们像怪物一样，比漆黑的夜空还要黑。

“余烬”汽车旅馆外面从来没有真正黑到漆黑一片过，因为州际公路、快餐招牌，还有附近格雷汉姆加油站闪烁的橙色灯光——看上去像着了火，像点着的香烟，像她胸口炽热的东西。那个东西在说：“没有未来，只有这个，只有这把结实的椅子支撑着你。”住在城里某处的小女孩并不明白“监护权”是什么意思，她还在想念自己可恶的爸爸。这个人不是莱娜，但也有可能是莱娜。川流不息的车流不知道开往哪里。也许在往西30英里处的某个地方，有个女人难以成眠，她就要死去，不知道该如何撒手人寰。

20

周年纪念

妈妈去世一年后的8月，我刚经历了一轮放疗，治疗脊椎里新长出的肿瘤。现在，我们回到了海角别墅的旗杆处，悬崖边上摆了一圈阿第伦达克椅。我说，这杯酒敬简，她喜欢喝鸡尾酒。我的几位密友也来了，蒂塔和德鲁，亚当和梅丽莎，不过除此之外，就只有我们这个新近发生改变的小家庭了——我、约翰和孩子们，爸爸、查理和阿蜜莉雅。

周年纪念令我紧张不安，因为它总能唤起你对于某人某事的感受，因为某人某事与这一年中的某一天相对应。有时候，回到那个地方的确有所帮助，可以让你想起那些无形的气味，想起当时的光线看起来如何。

按照那种逻辑，我们都应该紧紧围绕在妈妈陈旧的卧室里。不过置身于这座小岛，也让人感触良多，不只是对她的死——她的骨灰是否仍散落在周围的草丛中？——她的一生也让人回味。我们在海滩上待了一天，都有点晒伤，然后轮流进行日光浴，用不成套的杯子喝酒，这群孩子——六个男孩——在岩石边疯跑，正在编一出戏剧，今晚要为大人们表演《开始革命！》，类似即兴版的《汉密尔顿》衍生的戏剧化斗争场面。我们答应孩子们喝完第一轮酒，就跋涉到海滩旁冷冷清清的圆形露天剧场上，在堆肥区旁充当观众。

“你能感受得到她吗？”我问查理。

“我想，如果感受到她已经离我们而去也算得上感受到她的话，那我想自己感受到了。”他说，“我一直都觉得，我们还在等一个人坐下来共进晚餐，就好像她去了洗手间，很快就会回来。”

“对，我也有同样强烈的感觉，”我说，“还感觉她很快就会因为什么事把我叫出去。”

家庭旅行的时候，她最喜欢保持真我。我们一起在按摩浴缸里泡澡放松时，她会突然说：“你知道我一直打算跟你说什么吗？”你会马上被卷进某个宇宙，在那个宇宙里，很明显除了你，大家都知道你一直以某种深刻、微妙却恼人的方式搞砸了人生。在那里，穿破洞袜根本就是不尊重别人的行为；你总是溺爱孩子，就算他们不遵守就餐规矩，还是禁不住他们的央求而妥协，给他们甜点吃。

看得出来，爸爸也一直有所感觉：就算有点晚了，我们是不是还可以动身去野餐呢？我们可以在窗边看一整天书吗？今天有人清扫厨房了吗？在这里没人告诉我们该做什么。出于恐惧，我一直在整理客厅里的咖啡桌。“如果能让你心情好点，我可以痛快地骂你一顿。”查理开玩笑道。

父母通常睡在我祖父母的旧卧室里，但今年，爸爸选择在我的曾祖母原先的房中睡，所以我和约翰就睡在了祖父母的卧室里，那是间朝西、带独立卫浴的海景大卧室，盛行风吹过时，房内通风很好，走过纱门就是门廊。

我坐在床边，在这咸咸的空气中，透过梳妆台上褪色的镜子，审视自己的头上长出来的一团团鬈发，它们比往常更有生气。我的脸晒成了棕褐色，身着无袖背心，没有病态。

“我肯定会死在冬天，”几年前，妈妈这样跟我说过，“夏天很好过，但是冬天似乎总让我遭罪。”

现在，我能感觉到她就坐在床上看书，在这样一个傍晚时分，阳光偏移，微风渐起，爸爸沿着小径往下走，趁着晚餐前的时间去岸边的船上钓会儿鱼。处处都是妈妈的影子。孩提时代，甚至是青少年时期，我都喜欢来这里找她，一个人占有她，虽然我知道她会跟我说我最近的毛病。但我就想那样跟她一起坐着，享受着周围的平静，很多孩子似乎并不明白，其实我们的出现打扰了母亲独处的宁静，但我们还是喜欢待在她身边。就在刚才，我听到本尼“咚咚咚”沿着走廊跑过来：“妈妈！你在哪儿？我要跟你挨着！”

直到夏天真正过去后，我们才真真切切地感受到妈妈已经过世一年了，当然这种感受来得颇为突然。9月末，我们离开海角回到家，孩子们回去上学，查理和阿蜜莉雅刚刚抵达我们这里。他们决定逃离马萨诸塞州西部的冬天，在爸爸家住一段日子，查理趁此时间写论文。

他们养了只新宠物犬——露娜——年轻活泼的混种斑点狗，热衷于插足一切。它一直都在动，夏天时它跟臭鼬在森林里打架受了伤，现在还在恢复中。查理和阿蜜莉雅几乎管不了它。

他们搬进镇上住的第二晚，露娜和爸爸之前养的年老体胖的小猎犬克莱德就因为抢吃的而大打出手，露娜抓伤了克莱德的脸，它鼻子那里被撕下了一大块肉，伤势非常严重。克莱德已经彻底老年痴呆了，大小便完全失禁。屋里像是积满了屎尿的雷区，克莱德太脆弱了，如果要将它脸上的伤口缝合，它根本无法承受。次日早上，爸爸决定让它安乐死。兽医说可以到家里来。

爸爸打电话给我："大约10分钟后，就要给克莱德执行安乐死了。""好。"我说着跳上车，在停车等红灯时给约翰发了一堆自动更正后乱七八糟的信息。"露娜灵魂列车克莱德；赶往爸爸家；草药晚了；拍他倒下；他妈的。全都错了。我们必须让克莱德安乐死。说来话长。抱你，亲亲。"

我开始出现这种似曾相识的感觉。

赶到爸爸家时，我看得出查理一团糟，阿蜜莉雅也有点惊慌失措：他们把露娜关在楼上，关了一早上，克莱德则在花园里无精打采地徘徊。

"实在是太糟糕了。"阿蜜莉雅说，她坐在露台上的桌子边，下巴靠在膝盖上。

查理擦了擦鼻子。

"有点可疑，"我想开玩笑，"每次你们俩来这边，都会有人死掉，或快要死掉。"我们互相看了一眼，却没有人想笑。爸爸和兽医来了。

从兽医拥抱和问候我的方式，我马上就察觉到她以为我是我妈妈。不太认识我们的人，可能会将我们混淆，而且我拄着手杖，一定更显老。

"哦，可怜的克莱德！"她吐出这些饱含情感的话，"真的很遗憾，今天就是它离开的日子了！它跟你们拥有了如此美好而悠长的一生。"

"谢谢你能过来。"我说道。爸爸一如往常沉默寡言。我们都围站在一起，内疚地看着脚下。我一直跪在那里，不由自主地爱抚着克莱德，比往常更加温柔，因为我知道爸爸此刻一定已经六神无主，所以我觉得应该有人给它最后的关怀。

“我们要在这个露台上执行吗？今天天气这么好！”兽医说，“你们要不要把它的狗狗床拿出来？它有可能很喜欢。”

“真是个好主意。”我说道。爸爸冲进屋里，取出来浸满了尿液的垫子，那是它临终所卧之床。

我们并没有这样计划过，但是此时正好正午，大学教堂的钟声响了。兽医为克莱德静脉里注射了剂量格外大的戊巴比妥，它躺在床上，我们尴尬地围着它站了一圈。大约过了一分钟，兽医检查它的脉搏，决定再给它打一针，然后克莱德就去世了。

当然，兽医并不知道自己身上刷手服的颜色，还有发型和整体的气场，都让我们不由自主地想起了帕蒂——妈妈的临终关怀护士。她不知道妈妈去世后的那个早上，我们是如何聚在这个露台上，是如何坐在同样的椅子里，是如何感受没有了她的第一天。那天，太阳也是如此刺眼，却又很温暖。她对我们失去了什么一无所知。事实上，她以为我妈妈就是我。

“你会觉得这种哀恸很奇怪。”克莱德的爪子和下颌不再抽搐时兽医说道。她未婚，今年刚失去了15岁高龄的达克斯猎犬，“你觉得你搞得定，事实却全然相反。”

她跟我拥抱告别时，紧紧握了握我的手臂。“看到你过得这么好，我很开心。我听说你病得很重，上帝还是很仁慈的。”她走后，阿蜜莉雅跟我坐在露台上。爸爸和查理在院子里车库对侧的栅栏旁挖了一个大坑，克莱德生前喜欢躺在那片连翘旁。我们看着他们从床上抬起克莱德的遗体，放到泥土中，然后填满了那个坑。

“露娜不会把它挖出来吧？”我对阿蜜莉雅说。“也许会吧。”阿蜜莉雅担忧地说。

但爸爸已经着手防患于未然了，他用车库里的杂物——几张夹板、一条梯子——盖住了那道土壤的“伤口”。

“这应该就可以了。”他说道，爸爸做什么事都不会考虑是否美观。

“安息吧，我的老友。”我说道，并拥抱爸爸。

对妈妈，我从来都说不出这句话，因为感觉有点恐怖，而且都是陈词滥调。每年万圣节，儿子们都喜欢把刻着这句话的聚苯乙烯墓碑竖在前院。不过，我当然最希望她，也希望自己能够如这句话一般：安息吧，妈妈。

“安息吧。”爸爸说完便爬进他破旧的货车里，上班了。

21

第18条B款

约翰和我去约见了财务策划师，这像是成年人该做的事。约翰今年40岁了，而我在今年春天也要满40岁了。

策划师人很好，跟我们差不多的年纪，很亲切，也有孩子，与我们有很多共同的朋友，总之跟我们很合拍。约翰打电话提前告诉了他我的情况。

“听说你身体抱恙，真的很遗憾，”我们抵达他的办公室时，他正视着我这样说道，并热忱地跟我握手，“很难想象我要如何面对你每天要经历的事。”

我有点尖刻地想：“好吧，彼此彼此。”不过我还是立即开始感激他，感激他这么善良，这么快人快语。他与我握手时，还能心算长乘法，他那明亮的办公室里摆满了一摞摞的表格，以精心规划出我们的未来。办公室的窗户面朝西北方向，窗外就是格林斯伯勒那绿意最浓的地方。

“那么，请告诉我你们的优先顺序，”我们坐下来后他说道，“什么对你们来说最重要？你们对自己的人生又有什么期许呢？”

这个问题明显很沉重，不过我喜欢考虑此事。就其根本而言，财务规划原来是种乐观的努力。

我跟约翰有点不好意思地彼此看来看去，接着我说道："我想尽可能地多去旅行，给孩子们多留下些回忆。"

"没错，"约翰同意，"而且我真的想远离孩子们去厕所，我是说跟他们离得很远很远。"他的意思是，有一天主卧能有个卫生间。

"哦对，而且还要让他们都上大学！"我补充道。

"明白了，明白了，"策划师微笑着说道，"听起来都不错，都可行。"我们给他带来了我们一生中所有的重要文件——银行对账单、纳税申报单、退休金报告，等等——我们在家里把这些都塞进了一个大文件夹里，上面标记着"重要文件"。那是我23岁时的笔迹，现在，他全部复印了一份，整整齐齐地在面前码了一摞。

"那么接下来，我们就要查阅这些文件，计算一下，然后下次见面时我会给出我所认为的好规划。"

下次会面那天，我要见医生，所以就没能过来。但等我从医院回到家后，约翰递给我一份27页的报告，简直令人叹为观止：表格复表格，方案复方案。

"第18条B款是亮点。"他说。

这项条款是按年龄预估的我们每年收入和支出的分解，约翰的那一栏一直增长到93岁，而我的那一栏在44岁就戛然而止了。

"咦，"我说，"他对我太没信心了，是不是？"我一开始在想他是不是跟卡西诺医生交流过，所以知道了些我不知道的事。

22

信念

几个星期之前，技术员卡拉陪同我去做CT扫描，往我的手杖上贴了张小四方字条，贴合在手柄处，上面写着“信念”，全部大写。

“相信我，”卡拉往我的手杖上粘时说道，“你必须有信念，你需要信念。”

我不知道该作何感想。“信念”这个词，我曾经为之挣扎过、斗争过，这是我无法解决或放下的一个密码。我养成了一个习惯，经常用左手食指摩挲那张小字条。有时候如此招摇地展示这个词，就好像在说这是我的标签。这让我有点难堪，我不想如此引人注意。有时候，这个词会让我陷入沉思，它提醒我要再努力去想清楚这一切的意义，提醒我对于未知或一知半解的东西要更加从容淡定。

对我来说，信念包括凝视无底深渊，看到黑暗和所有未知之事，并与之相安无事。如果我能做到——呼吸，停止呼吸，呼吸——哪怕只有短短一瞬，都意义深远。

鉴于这个标签，孩子们将我的手杖称作“信念”，这也很适合它——花朵的图案，结实的橡胶手柄。“别忘了要有‘信念’！”弗雷迪咧嘴笑道。“你又失去‘信念’了吗？”我开始怀疑卡拉是不是在搞恶作剧。有些日子，我根本不需要“信念”手杖，其他日子，我很依赖它。我靠芬太尼、氧可酮和布洛芬过活，但“信念”支撑我继续前进。

很难说清楚疼痛在每一天是如何塑造我的，它就像天气、番茄和小孩子一样善变。有时候，我在床上一翻身就痛起来；有时候参加派对时间长了才会痛；有时候疼痛就是我的一切——真正的我——还有些时候，我只有在其他人弯腰向前的姿势里和脸上，才认得出它就是疼痛，然后说出它的名字。疼痛——你也是个密码。

我跟朋友一起去吃午餐，把“信念”挂到椅背上，让它休息。朋友们又问了个新问题：“今天怎么样？但愿今天的疼痛在可以忍受的范围内。”

蒙田谈及埃及人在大办筵席时喜欢向客人展示死亡的意象，比如骨架、头骨，还有个让人摸不着头脑的表演艺人在大声呼喊：“饮酒作乐，这是你死时应享的殊荣！”

有时候我会想，信念就是筵席上的头骨。我看到一位年轻妈妈又看了我一眼，孩子们盯着我，服务生紧张地瞥了我一眼，朋友们站起身调整我的椅子。也许，筵席上的头骨就是我。

23

死神

万圣节前夕，弗雷迪打扮得俨然是“枪炮与玫瑰乐队”中的史莱许。他戴着大礼帽，身穿皮夹克，露出黑色卷假发，捧着电吉他，一副摇滚明星的姿态。本尼在最后一刻打扮成了死神。

“你不是要扮成温驯的小狐狸吗？”本尼穿着弗雷迪去年的哈利·波特连帽黑斗篷出现在楼下，手中还握着用粘了一圈牛皮胶带的树枝做成的镰刀，足以以假乱真。“我喜欢你穿上之后，那小小的橙色尾巴和橙色小耳朵！”

“对不起，”他郑重其事地说，“我只是没有心情再穿狐狸装了，我跟你保证，明年我会扮狐狸。今年，我真的只想当死神。”

“没关系，”我说，“我明白你是怎么想的，前一秒你想当一个快乐的森林小动物，下一秒你就成了死神的化身。”

“对，妈妈，”本尼说着将镰刀挥过肩膀，在餐厅镜子前欣赏自己的模样，“就是这样。”

24

沉重的残片

感恩节后，我得以加入临床试验。卡西诺医生发现，我最初的肿瘤检测雄性激素受体呈阳性，起码有一丁点儿呈阳性，也就是说如果使用抑制体内雄性激素的药物，有可能减缓肿瘤的生长。她正在进行临床试验，研究该理论是否可行。

有资格参加临床试验让我颇为欣喜，跟我想象中入选奥运会选拔赛的感觉一模一样：你成功了！恭喜你！你坚持不懈的努力终于得到了回报！我获得了实验室抽血的金牌，在书页结尾写出新篇章的金牌，耐心的金牌。这构成了一种古怪的平衡：你的病情严重到可以参加临床试验，但是没有严重到失去参加的资格，而且其特性值得研究。

“我们这就召集试验方案组人员，让你马上签署同意书。”卡西诺医生说道，经过崎岖之路后，她终于回到正轨，轻车熟路，明显像打了鸡血一般。“现在，我们可以大显身手了，知道下一步该怎么做了，斯坦。”在这种情形下，那条崎岖之路正是科学试验之路，我颇费了一番功夫才明白这一点——做出假设，收集数据，等待未知的情形。

运作该研究的方案组人员带着我浏览了几十页文件：可能的副作用、潜在的副作用、罕见而严重的副作用、涉及的隐私问题，还有研究方法。

还写着：你必须明白，我们对此并没有完全理解透彻。

可能的副作用：疲劳、疼痛、颤抖、思维混乱、恶心、发汗、新生儿先天性缺陷。

脚下到处都是地雷：

“你需要采用第二重避孕措施。”方案组的护士说道。我嗤笑了一声，想到我们最近每晚都过得“纯洁无比”：我跟约翰一起在网飞上看关于英国侦探、超级英雄或精英特种部队的节目，我靠在他的肩膀上流口水，他则尽量不挤到我，要不然我可能需要再吃颗止痛药。我想我们准备好了。

“子宫内避孕器或输精管切除术？”她问道。

所有人齐刷刷地看向角落里的约翰。

“我没问题！”他举起双手喊道，“我几年前就准备这么做了！”

“不行。”我斩钉截铁地说，“那我尽快置入子宫避孕器。我想我们这个星期肯定能跟妇科医生预约好并置入。”

护士做了个标记。“好，一切听你们的决定，只不过得让我们知道。”

“我们决定置入子宫避孕器。”我重复道。

“你是什么意思？”工作人员离开检查室之后，约翰对我说道，“你为什么这么确定要置入子宫避孕器？”

“你不能做输精管切除术，这样感觉不太对，”我说道，往包里塞进厚厚的文件，并没有看他，“你不知道自己将来想要什么。”

“天哪，妮娜……”约翰说着递给我手杖，“我只知道自己最不想的就是再要孩子。就算是跟你，我都不想再生孩子了！”

“你永远都料不到你将来的妻子想要什么。”

“去他的砂锅菜贱人！”约翰说道。

子宫避孕器。简易爆炸装置。我对地雷一无所知，只知道如果踩到了，就没办法脱身，否则地雷就会爆炸，或者如果没有特种部队出现，没有将你脚上的重量奇迹般地用别的东西替代，比如另一个人，或旁边沉重的残片。

我们在检查室内待了一段时间，就好像正在进行上述行动的两个人。约翰用双手环绕着我，我的头靠在他的胸口，我们都还没准备好转移重量，然后放手。

25

临床试验品

我打电话给金妮，告诉她我已成功参加临床试验。

“哇！”她气喘吁吁，“我们俩都正式成为医疗系统的试验品了。”

金妮肺部的肿瘤越长越大，导致胸部积满了液体——胸膜积液——因此她讲话困难，也无法深呼吸。或者，这可能是免疫疗法起了作用。不管怎样，医生在她的肺部插管引流后，她的呼吸才顺畅了点。“现在，我背上有个水龙头，”她说道，“我再也过不了性生活了。”

“哦，得了吧，”我说，“我敢打赌，肯定有这样一种文化形态下的人喜欢这种调调——医疗设备癖。你只需要上网搜索，找到他们。”

“你真的以为我没试过吗？”她说着大笑起来，咳嗽不止。

26

燃烧的思想

罗伯特·理查森在他所著的《爱默生：燃烧的思想》传记中写道，爱默生在去世前6天住在康科德的家中，最后一晚上楼睡觉前，他坚持亲自关好书房：扣紧窗户，拴好百叶窗，将壁炉里还在燃烧的煤块戳散。我想象他颀长的身躯——伴有老年痴呆，由于肺炎而瘦弱且发烧——手中紧握着火钩，拨开木灰，探向深橙色的余烬。也许，余烬状似美丽，非常温暖，又很神秘。

在他的一生中，他经常写自己很喜欢微弱的火焰慢慢融入烈火中的景象，借指创作冲动是精神上沟通的渠道。“火星无限深邃，一团火焰从地面一直燃烧至天空，代表着强健、团结、燃烧又光芒四射的灵魂。”1842年时他在日志中这样写道。

瓦尔登湖畔的群山上完美无瑕的橙色黎明；莱娜坐在折叠椅里沐浴着光芒，看着太阳慢慢洒落到高速公路上；妈妈激动地大喊橙色的那一整晚，爸爸抚摩着她的额头。

27
仁慈修道院

我决定抽空写点东西并独处一下，所以申请去静修中心兼修道院——仁慈修道院——待几天。那儿距我家有一个小时的车程，由天主教修女运作，不过她们说任何人都可以去。其实，妈妈几年前曾在那里待过。

“后退几步暂时逃离这个世界，真是再好不过的礼物了，”我记得她这样说过，“虽然回家也很好。”那个地方很安静，令人身心愉悦，透过宽大的无窗格的窗户，可以凝望森林。那里有步道、迷宫，还有按摩浴缸，饭菜很好也很简单，房间也是如此。到处都贴着让大家保持安静的标志。不过，在我走进去的那一刻，黑暗将我吞没，我完全陷入了恐惧。

我想离家之前就感受到了这种恐惧，它在我内心积聚。那天早上，孩子们去上学之后，我在明亮安静的卧室里收拾行装，做好离开他们的准备。我想，我是在练习，仅仅是练习而已。

我开车行驶在阳光明媚而安静的高速公路上，慢慢往山里驶去，然后沿着乡路一直往前，路边有山羊、驴、死气沉沉的拖拉机和掉光叶子的树，再然后驶上泥泞的小路，进入修道院所在的幽僻山谷中。在那个过程中，我的恐惧感越发强烈。修女们性格开朗，在门口欢迎我，在她们柔软温暖的怀抱中，我依然恐惧不已。恐惧感越来越强烈，我甚至不敢直视修女。我关上房门，将行李放在床上时，依然无比恐惧。

我以前曾患有无端恐惧症，但那已经过去10年了，那时候孩子们还没出生，我也还没被确诊患有癌症。黑暗凝视黑暗，有点令人窒息，就好像躺在木盒子里，或躺在金属管里，我无处可逃。“我们不断地左顾右盼。”

我在想这是不是妈妈住过的房间，想到这里，我的胸口一阵发紧，深深地感觉到从身上生生撕下了什么，撕裂着，推挤着。然而这并无助益。我取出睡衣、洗漱用品，试着让自己冷静下来。我的手在颤抖，觉得自己快要吐了。

梳妆台上有个小镜子，我凝视着镜中的自己。那是我的脸——我还在这里，虽然看上去已经年老。我看了看手机，没有信号，不过我能感觉到约翰和孩子们就在外面，他们的世界依然往前运转着。而我则在这里，与世隔绝，孤单一人。我大声说：“你可以回家了，不必待在这里。”我还说，“太阳最好不要落山，不然我要有麻烦了。”

我尝试进行乔恩的放松呼吸法，尝试数数。我站在窗前，脉搏加速，身上很痛，最后我终于躺倒在床上，啜泣起来。

“我还没准备好这么做。”我对着枕头喊道，抗议周围的安静。我还没有准备好离开。如果我不得不这么快离开，我一定会杀了自己。我闭上双眼，屏住呼吸，直到心脏爆炸。或者尖叫吧，也许我会那样做。

几个小时后我醒来，天空还残留着些许光亮。我并没有感觉好一点儿，但我强迫自己站起来，蹬上靴子。我窸窸窣窣地在药包里找东西，终于找到了阿普唑仑，然后从后门往步道起点走去，走进森林里。

我没有走很远，因为我不能。我走到足以听见自己的脚踩在地上的声音，听见脚下的树叶在沿着一条浅溪的步道上沙沙作响的声音。溪水还没有结冰，不过水很冷很冷。片刻后，我听到修女敲响了锣，是晚餐时间了。我还有力气带着惨淡的微笑和红扑扑的脸颊，拖着脚步回去吃晚餐。

那晚稍微晚一点儿，我爬到碎石路顶端，手机终于有了信号，我拨通了约翰的电话。修道院温暖的灯光照亮了我脚下的山谷。

“情况不太好，就算你不在家，孩子们还是想跟你说话。”约翰说，“弗雷迪不断跑到门口去，说‘哦’，然后又回到自己房里。本尼躺在床上不断喊你的名字，要跟你说些事情。刚才他还大喊：‘嘿，妈妈，想听我讲一讲我最喜欢的三种有蹄动物吗？’我到底该怎么回答他呢？”

“你就说‘当然想’，”我说道，“他并不介意，主要是喜欢自言自语。”

我跟他说我的恐慌发作了。

“哇哦，”约翰说，“你觉得你是如何把这病给唤醒了呢？”

现在我周围真的是漆黑一片，我看到修女们在50码外的小屋里走来走去。

“我想，离开你们时，”我说道，“我才发现最近我的世界变得小多了，这里让人感到很紧张。尽管里面铺着活泼的蓝绿色地毯，我还是感觉这世上最沉重的问题就在这些客房之间穿梭。”

我想象妈妈在这里的样子：她小巧的黑色手提箱，她的瑜伽垫，她纤弱的身体蜷缩在双人床上，想象着自己不得不面对的所有的事。

“肯定是这样。”约翰说。

“我散了一小会儿步，”我跟他说，“我知道要是爱默生的话，他一定会劝我这么做。”

这里的景观不由得让我想起了康科德——农田和森林，森林里长满了古老的阔叶树、桦树，满布着岩石，还有长满了枯枝的山脊，像天地之间缥缈的游离地带。如果我不知道自己身处何地，可能会觉得这里是瓦尔登或埃斯特布鲁克的路上。

因为在树林里走了太久，爱默生患上了肺炎，最后因此而丧命。当时，他年近耄耋。“1882年4月，这是个阴冷的春天，有点倒春寒。”他的儿子爱德华——我的曾曾祖父，一位外科医生——写道，“他着凉了，后来又在雨天外出散步，结果病情加重，而且他因为健忘症忘了穿外套。”

我想象那些瞬间，就像不断生长、分裂、繁殖的细胞。在前厅的爱默生，在雨中花园里的爱默生，在森林里蹒跚的爱默生，湿透双脚的爱默生，额头发烧如火般滚烫的爱默生，似梦似醒的爱默生，颤抖着将壁炉中的余烬拨开的爱默生。星星点点的火花噼啪作响，跳跃着，也许会融入一团更炽烈的火焰中去，从大地跃向天空。还有在楼上躺在床上的爱默生，他的身体渐变渐凉，他等待着，并明白了接近50年前就早已知道的事，然后人们将他的遗体抬出家门。

“所以那是什么？”我对约翰说，“哪三种有蹄动物？”

“本尼说，有驴、猪和西班牙山羊。”约翰说道。

尽管我离开家还不到一天，可我是多么想见他们，胸口因此而抽搐。很明显，我剩下的时日尚嫌不够。“我做不到，”我告诉约翰，“明天我就要回家，我真是懦弱。”

“可你并不懦弱，”约翰说，“我懂了，也许你需要的是去那里好好哭一场。”

“也许吧，”我说道，“我还发现，我再也不想离开你们，除非真的别无选择。”

“对此，我没意见。”他说道。

次日清晨，我开车飞奔回家，像突然破土而出的一眼释然之泉，像洪水，也像出生时倾泻如注的水流。

28

开车回家的路上

整个秋天，约翰跟我都带着孩子们去参加癌症中心的家庭互助小组。父母聚在一个房间，孩子们去另一个房间活动。父母患有各种各样的病，有肺癌、脑癌、骨癌、胃癌、血癌、皮肤癌、乳腺癌，不同阶段的都有。我们围成一圈，差不多以不同的方式阐述着同样一件事——我们都很恐惧。想到要如何跟孩子们一起面对这件事，这种恐惧就加倍了。

一位女士的丈夫得知自己只剩几个月的生命，但目前状态还好，她说："别人不会懂，因为他的身体正在逐渐好转，所以他们以为我们的噩梦结束了，不过我们比谁都清楚，此刻的我们好像乘坐过山车来到了顶端。"

当晚，互助小组会议的最后，孩子们重新回到我们身边，他们结识了新朋友，接触到了新信息，因而异常兴奋。

"特别好！"他们俩不约而同地说道，在休息室的椅子上跳起来，"我们学习了癌细胞如何像吹泡泡一样生长！还在真正的X射线照片上看到了真实的肿瘤！"

“你们有没有跟大家说我得癌症期间你们的经历？”我们走向停车场的途中，我问道。

“当然说了，”本尼说，“我跟大家说，一开始的时候，你一直病得那么厉害，真的非常糟糕，但现在你好多了。”

弗雷迪顿住脚步，直直盯着我：“是不是这样，妈妈？你是不是好多了？”

我头上长着浓密的鬈发，由于参加的临床试验只是让我吃药，而不是输液，所以不用来来回回地接受治疗。除了拄着手杖，在别人眼中我并不像个行将就木的人。我一直在想这会产生怎样的效应。

“现在我很好，”我说道，“不过你知道我得的癌症永远都不会真正好转。”

他们都已经忘了这件事。我们坐进车里时，我明明看到他们俩强忍着不哭。

所以我爬到车后座，坐在他俩中间，将他们拉到我身边。他俩刚出生时，约翰开着车，我经常坐在后面，但他们长大后我还从未像这样坐在他们中间。

天色已经很晚了，从癌症中心需要开一个小时的车才能到家。约翰将手伸到后面，握紧我的膝盖，然后打开音乐。儿子们的头都靠在我身上，我们一起疾驰冲进了州际公路的黑暗中，走上回家的路。

29

勿忘你终有一死

“勿忘你终有一死”，这是我熟睡时脑海中升腾出的一句话。当时，我们在酒店，约翰跳下床去关闭手机闹钟，接着他去冲澡，而我躺在那里凝视着一片漆黑。此刻，我们身处于奥兰多，醒来时，还有半小时太阳就升起了。“勿忘你终有一死。”这句话来自拉丁语“memento mori”。

约翰笨手笨脚地往水壶里接水，又窸窸窣窣地去摸背包拉链，用泡沫塑料杯盛了杯淡咖啡端到床上来，我服下一把布洛芬和羟考酮。我们觉得是时候叫醒孩子们了。他们俩正窝在旁边的双人床上酣睡。

房外，太阳开始爬升，照耀着整个海港——波托菲诺海湾。停泊在此过夜的小艇，静静地在水中形成一片倒影。一只苍鹭无声地俯冲向其中的一艘小艇，然后往前飞走了。

有一个家庭跟我们很像，他们也来到冷冷清清的海滨浅水区，妈妈和爸爸带着几个孩子在散步。我们多半都很安静，慢慢向码头下水处踱步，不过此刻有些人，尤其是孩子们，加快了脚步。

我们过了安检，坐在落满朝露的湿滑柚木长凳上等待着。我往包里摸索着，找到了钱包，打开钱包扣，又摸索到一沓小卡片，凭感觉分了下类，有公园门票、提前入场门票、特快列车票、度假酒店门卡。

跟周围人一样，我们要进入环球影城公园。今天是圣诞节后的第二天，距医生说我得了末期癌症刚过一年，这是我记录时间的新方式。我依旧自言自语，“勿忘你终有一死”。

别人跟我们说过，一定要赶在第一批进园，要不然就会被蜂拥赶来参观哈利·波特世界斜角巷和霍格莫德的游客挤散。弗雷迪计划从奥利凡德魔杖店买一根魔杖，本尼则想找只紫色侏儒蒲，跟在家里的那只粉色侏儒蒲凑成一对。他们俩的朋友都说一定要试试红色推车上卖的黄油啤酒，就在通往霍格沃茨的主街上。所以，我们必须抓紧时间。

我第一次知道“勿忘你终有一死”这句话时，大概是在佛罗伦萨上学时的艺术史课上：水果静物图角落里模模糊糊隐藏着一个头颅，提醒着我们生命很脆弱，死亡不可避免。无论是“勿忘你终有一死”，还是虚空派——将世间万物（书、酒、乐器）与死亡的意象并列的相似概念，都在17世纪的艺术界广为流行，人们一度相信活着的全部目的就是要去往来世。

美国清教徒也很喜欢“勿忘你终有一死”这个概念，他们是我的祖先，他们认为艺术远离上帝，因而摒弃了艺术。但是他们欣赏描绘头骨和其他代表死亡的东西，因为他们相信即便是活着，死亡也在你左右，而且离你越来越近。

“勿忘你终有一死”在运用于艺术领域之前，只是古罗马的习惯说法。战功赫赫的将军从战场归来时，他的身边跟着奴隶，奴隶将在将军耳边低语：“注意你身后，别忘记你只是一个人而已。”

“要注意来生，”这个奴隶奉命要尽力提醒将军，以免他因为伴随胜利而来的赞誉而心生傲慢，“别忘记你只是一个人而已。”这个世界在说，记住，你终有一死。

“继续走。”我对从霍格沃茨特快列车下来的孩子们说道。我们蜿蜒穿行在排队栅栏间，待会儿那些没有买提前入场门票的游客就会涌进来，这里就会挤满人。“如果你们行动得快一点儿，我们就能赶在大部队前面。”

我一直都对排队这件事特别不耐烦，这个特点当然是遗传自我妈妈。即使我们的酒店套餐不包含特快列车票和提前入场门票，我大概也会付费买的，或者让医生给我开必要的证明文件，免费领取这些门票。

“你要什么，我都给你签，”在我告诉卡西诺医生孩子们想去环球影城玩时，她如是说，“很值得，而且这是你应得的。”

她最近带孩子去了一趟。“他们年龄正好，不算太大，也不算太小，玩得很尽兴，这个年龄段稍纵即逝。”这位闻名于世、分身无暇的肿瘤医生说道，“你们会玩得很开心，一定会很有趣。”

我曾经去过真正的波托菲诺，就在那次争吵不止的母女之旅途中。当时19岁的我正在学习有关“勿忘你终有一死”的一切。我的记忆里有颜色鲜艳的建筑，蓝绿色的里维埃拉，我记得那里的渔船以及煮咖啡的香气。

记得在月台上等火车时，我偷偷在笔记本里记下了这一切，大言不惭地写着“ars longa, vita brevis”——生命因艺术而恒久。这当然是我在创意写作课上学到的一句话。难怪我惹妈妈生那么多气。我记得她坐在我旁边，腿上放着黑色的双肩背包，一遍又一遍地整理一沓文件，包括我们的欧铁联票、里拉、地图，还有预订的坐票。我记得她身上笼罩着压力的阴云：“不要跟我说话，我在算数！如果你还想去威尼斯，现在就不要打扰我！”

环球影城的波托菲诺湾酒店是仿造意大利的波托菲诺而建的旅游胜地。如何在各个层面巧妙地仿造，才能这么逼真，这其实很难辨别，而且这里也提醒着我的身体状况。从外表来看，我“完整无缺”，甚至还算得上是美女，不过你也可以感受得到我的内里有点不对劲。

我们搭乘的水上出租车在人工运河上行驶，将我们运送至游乐园主入口处。河水沾染了过多的化学物质，因而变得蓝中偏绿。这艘闪闪发亮的木船穿行在运河中，我凝视水中，看有没有鱼、乌龟或鳄鱼，但一无所获。

我们往园区门口驶去，当时我在想：在这样一条假运河上，驾驶真船的船长却载着真实的人们去往一个虚构的世界，那船长需要真正的船员驾驶执照吗？

我们在国王十字车站的九又四分之三月台上登上了霍格沃茨特快列车。这又是个真实地方的复制品，里面挤满了不耐烦的人、英国收票员，还有漫出垃圾桶的瓶瓶罐罐，这个场景更加逼真。还有只松鼠穿过栏杆。

“那是老鼠吗？”本尼说着跳起来，“你觉得它有没有狂犬病？”

“什么？”约翰大喊，“那是只松鼠！而且我觉得也没必要担心它有没有狂犬病。”

约翰已经濒临崩溃，一整个早上他都在犹豫要不要吃阿普唑仑。考虑到我服用了止痛药，所以他此刻必须承担起照顾孩子的责任，因此抗焦虑药或许能帮他度过这一旅程。那一瓶抗焦虑药跟其他药一样，都在我包包里的那摞门票边上，它在不断地哗啦作响。

话说回来，复制版的霍格莫德村非常逼真地呈现了一个并不存在的只栩栩如生地存在于众多游客心中的场景。青少年穿着黑色长袍不断从我们身旁穿行而过。4岁大的孩子和中年妇女一起站在店门口，挥舞着魔杖施咒。弗雷迪对选哪间餐馆颇为看重："我觉得我们应该在'三把扫帚'里吃饭，书里说那个地方棒极了。"

不过排队的人很多，所以我们在斜角巷入口外的货摊上买了很大的热狗，在空台阶上找了个地方歇歇脚。我们刚坐下就有游客过来问我们可不可以暂时走开一下，以便他们拍照留念，他们可是穿越了数百英里过来的。看来，我们选错了吃午餐的地方，因为这是《哈利·波特》男巫天狼星布莱克位于伦格里莫广场12号的居所门前。

"不好意思，"其中穿着吊带的女孩挤到边上，走到我身旁的台阶上，"真抱歉，我真的得看一下这扇门有无可能通往什么地方。"

你如何能拒绝靠这种直觉来到这里的人呢？我知道那道门不开放，但我还是挪了挪那袋薯片让开路。她敲了敲门，使劲拉了拉门闩，试了两次，还是没拉开，她耸耸肩笑了笑，又回到家人身边，融入了那一大群游客中。

我又伸手过了一遍各种通行证和门票，大脑一直在试图厘清这里不同层第的超现实。到处都是跟我们家一样的四人组，大家都挤着往前走。在这些小群体中，总有个成员看起来好像身体不太舒服：看似一切如常，但他们眼中流露出外表之下来自内心深处的闪烁。

那天下午，我们穿过人群走向园区出口，看到如果没有购买特快列车票，游客得等上110分钟才能坐小黄人虚拟过山车。

"110分钟，"约翰说道，"简直难以置信。"

他最终还是选择不服用阿普唑仑，但他在跳上水上出租车和返回波托菲诺湾的途中时有点儿嗨，这是因为下午在脱离了人群之后所感受到的彻彻底底的兴奋。

我来过这里，那时候我比弗雷迪大一岁。嗯，确切来说不完全是这里，而是在路边那个著名的游乐园里。查理那时还坐在婴儿车里。我不禁想起我的父母。在那次旅行中，他们比现在的约翰和我大两岁，不过他们成熟多了：妈妈每时每刻都压力重重，每每都在大喊大叫的边缘，抱怨找不到旅行支票和度假酒店的免费餐券。每件事都在灾难的边缘，她总在检查绑在裤腰线下面的钱包，好像强迫症一样。那次旅行跟我们俩的波托菲诺之旅不无相似之处。

从我小时候开始，世界上不断出现了银行卡、欧元、电子售票、苹果手机，旅行从某种程度上来说已经变得越来越没有压力。至少在去机场的路上，那种完完全全恐慌的情形出现的次数越来越少了。不过，相比于妈妈，我并不是个紧张的旅行者。

我试着了解自己，希望弄清楚自己在孩子们的印象中是什么样。这很难，因为我本身还没成为我自己，还在努力中。我希望自己在某些情形下能柔软一点儿，其他时候能坚定一点儿。有朝一日——也不会在很久以后，孩子们会带着各自的家庭来奥兰多，也会记得在这里的每个地方留下的记忆，他们也会更加清晰地认识自己。他们的模样：在柚木长凳上揽着自己的孩子，儿童病房内的病床，高速公路边上我爸爸古老的达特桑汽车。

现在已是下午晚些时候，冬日的太阳已经要落山了，我们一起步行穿过波特菲诺广场，我感觉到我们——我、约翰、儿子们，不知怎么搞的，还包括妈妈——都在飞奔向各自的未来，但我们明明彼此离得很近很近。

回到度假酒店泳池边，约翰和我喝着酒精饮料，儿子们则在人造沙滩上跑来跑去。我们碰了碰香槟杯，后来弗雷迪甩毛巾时把我的杯子碰到了地上。酒保跟我解释，杯子是特制的，就算摔到泳池边的地上也不会碎。“最起码，我在这里陪着你，”我跟约翰说道，这是我们俩才能意会的玩笑。“至少我在这里陪着你”，是我们在儿子们睡前读了无数遍的“羊驼拉玛”系列绘本中的一句话：“我也觉得购物很无聊。”小拉玛在羊驼版的好市多连锁店里崩溃大哭时，小拉玛的妈妈说道：“但至少我在这里陪着你。”这些年来，我们对彼此说这句话不下100遍，在养育子女的战场上，我们靠这句话团结一致，缴械投降。

当只剩下一个人懂得这句话背后的含义时，这样记忆的小碎片会变成什么样呢？白天早些时候，我们在等水上出租车时，看到管理员从河里捞出一张浸水后无法辨认字迹的纸。这些小碎片也会如此。当其中一人死去后，我们俩才明白的笑话还有什么意义呢？

“我一定不会想这样跟别人待在一起。”约翰说道，手臂揽过我的肩膀。

我们背后的太阳是真实的。本尼从泳池水滑道往下滑，水滑道建得像古庙废墟。他们的大笑声不绝于耳，笑声很真实。儿子们尚且幼小的身体上裹着毛巾，玩得尽兴之后，他们俩坐在我们的大腿上颤抖不已，嘴唇发紫，他们俩也是真实的。

我再也不能跟即将成年的儿子们去意大利旅行，姑且这么说吧，也姑且说他们——可能——再也不会用里拉买浓缩咖啡；环游世界时，他们手中的地图会精确显示出他们所处的位置；会精确显示沿着悬崖边从克里日亚村远足到曼纳罗拉村的途中遭遇暴风雨袭击的可能性又有多大。过往的那个世界已经一去不复返了。

但我们会跟孩子们沿着修剪整齐的小径，穿过开发过度的内陆湿地，当他们在这个重建且不复以往的世界里徘徊、寻觅时，我们会在他们的耳边悄声说：“勿忘你终有一死——我们终有……一死。”

30

肿瘤负荷

我又住院了，这次是我的肺出了问题。我的呼吸不太顺畅。化验，扫描，等待。医生正在检查一个可能的原因——肺部淋巴管内遭到了几百万个无法成像的微小癌细胞入侵，引发了癌性淋巴管炎。病情发展的势头很不乐观。

“肿瘤负荷可能相当高，”肺脏专家说道，“你很难获得所需的氧气。”

肿瘤负荷：好像是你放下的背包，好像是你释怀的担忧，也好像是你可能坦白的罪行。我在这里待了5天：来来往往的护士、技术员、运输员、旋转木马似的穿梭的医生、各种显示生命迹象的指征和警报。还有人要在凌晨3点急不可耐地给我称体重。有什么东西在哔哔作响。

有时候，我感觉整个世界都在哔哔作响。

窗外是1月沉郁的清晨，云彩低低地压在直升机上，天气异乎寻常地暖和闷热。正午时分，医院运输员过来了，他推着我的床穿过一条长长的走廊，来到医院深处再一次做呼吸测试，途中我看到一间间逼仄的病房内，几十台电视屏幕上都是新总统的脸。全世界都在担心，紧绷的绳索下，云量正在飘移。肿瘤负荷到处都很高。

“你今天还好吗？”呼吸科技术员在那间没有窗户的房内说道，“我是说总体而言。”

我不太确定他具体指的是什么。我也不知道他确不确定自己问的是什么。

“我没事，”我说，“总体而言吧。你好吗？”他说还不错。

“当然，我总是这么说，”他说，“因为我差不多也就是这样。”

扫描做完后，他说道：“一路顺风，夫人。”他将门打开，技术员又推我回到走廊。“再见，先再见了。愿你今天蒙神庇佑。”

回到病房后，床边有个盖着的托盘，我都不记得自己点了餐。我看到巧克力布丁里有一团鲜奶油，就想尝尝看。还有一盘桃子，上面撒了厚厚的糖浆，但吃起来饱满结实，像是并不新鲜，但口感又甜又美味。

约翰也回来了，他刚刚工作了几个小时，又回家陪孩子们，现在躺在窗边那不太像躺椅的椅子上弓着腰，在手提电脑上收发邮件，这几天他都在躺椅上过夜。

“好吧，真是一团糟。”他说道，喝了口保温杯里的咖啡。

约翰身后，我看到医院屋顶升腾而起的水汽，正午时分，几缕阳光透过9楼的窗户滤进来，在地上留下银色稀薄的光影。

一切都如此陌生，跟我们以前经历的一切都不一样，但一切也正如我们所想。

31

呜嘛

“那你知道‘呜嘛’是什么意思吗？”开始新一轮化疗的前一晚，我们依偎在床上，本尼这样问道。楼下是家用氧气压缩机的声音，进气，排气。我躺在床上，暂时还不需要更多氧气。

我在手提电脑上浏览经常去逛的论坛，想搜一下大家有没有接受鸡尾酒治疗的经验，但没搜到什么东西。这时，我突然想到可能是因为这些人差不多都已经离世了吧。这跟患病初期服药时不同，那时候大家多数都在抱怨脱发以及舌尖的金属味。

“我不知道，”我说道，“你说呢？”

“当然，这是秘密的声音，”他说道，“小狗的声音。只有小狗才能听到。你跟我刚才都变成了小狗，还没有睁开眼的小狗，它们只知道呜嘛呜嘛叫。”

“麦克达夫知道怎么呜嘛吗？”我问坐在地板上的麦克达夫。

“它以前知道，”本尼告诉我，“不过它现在可能忘了。”

“既然你提到了，”我合上手提电脑对他说，跟他双双窝进被子底下靠在一起，“我想我记得呜嘛是什么声音，那时你还是个婴儿。”

“说得通啊，”本尼说道，“这是出生时的声音。”这些日子以来，很多声音都距离我很遥远，不过出生的声音最是遥不可及。30岁的生涯已经逼近尾声，而我最亲密的同龄人正在怀孕生孩子。高中最好的朋友就要生第四胎了。邦妮和她的女友计划要怀孕。妈妈跟我现在一样大时，她怀着查理。很难想象，我满脑子都在想该如何结束这一切，此时跟我同龄的人却在大展拳脚，准备迎接新生命，准备听那呜嘛的声音。

“有点儿像挖洞的声音，”本尼告诉我，“好像在说呜嘛呜嘛呜嘛，虽然你现在很满意自己所在的地方，但你正在往什么东西那边走去。”

“哦对，我绝对知道那种声音。”我说道，“就算你已经不是新出生的小狗，你还能学着发出那种声音吗？”

“你只要知道其中的窍门就会了。”他轻轻地说，“其实你并没有真的要往哪儿走去，在某人没有密切关注你时，你只要让自己看起来像是在往那儿前进就行了。”

32

明亮的时光

弗雷迪说世界末日已然降临。今天是他的10岁生日，尽管过去10年来，我极力反对他玩枪战游戏，但我们还是送了他武器的始祖——热火精英系列粉碎者二合一游戏枪。枪是半自动的，需要装电池，导弹和匣式装弹二合一，特别重，需要肩带。

“说真的，妈妈，这差不多就是世界末日了，所以你才会给我买这个。你究竟是谁？”弗雷迪在吃早餐时撕开包装纸。

从医院回家，我第一次看到外面的太阳——温暖，洋溢着健康的气息，代表着春天会来的，像一种太阳阵痛软膏。孩子们放学后，我大声宣布今天不用做作业，因为今天是弗雷迪的生日。太阳出来了，孩子们大声叫喊着，捧着伟大的粉碎者和几个比较弱的玩具枪跑到宽敞的院子里。我还是喘不上气，很虚弱，不过我穿着T恤和长运动裤来到后露台，坐在台阶上，感觉到阳光洒在我的皮肤上，这是生命的气息——灿烂的时刻。“我们要好好利用时间。”蒙田如是低语道。

“你们在扮演什么？”看着孩子们气喘吁吁，暂时在我身旁驻足，我于是问道。

“嗯，可怕的核武海啸后，世界上的大部分地方都被夷为平地了，幸存者组成了凶猛的地方治安队。我是队长。”弗雷迪说道。他穿着万圣节前夜留下来的史莱许皮夹克，戴着飞行员太阳镜和他所谓的巴拉克拉法帽，脚上蹬着高筒靴，当然还背着粉碎者。“本尼是我的革命助理，我们要去树屋，作为我们的安全港，因为我们的同志已经发出信号，说那里食物供给充足。”

“呀，”我说，“听上去气氛有点儿紧张。”

本尼大喊着“核武海啸”，然后从我身旁的台阶上跳了下去。他高高举起一把剑，不知道为什么，他的另一只手还拿着一本笔记本、一把热火枪支和圆鼓鼓的红头美洲鹫毛绒玩具。

透过敞开的窗户，我听到约翰下班回家了，他在厨房中窸窸窣窣，也许是带了生日蛋糕回来。

“我在露台上。”我冲他喊。

“好，”他也喊道，“我等会儿就出去。”等会儿，他的语气中带着一丝不耐烦，好像在崩溃的边缘。我的脑海中不禁闪过那个紧张的夜晚，当时我刚确诊不久。我说：“我不得不热爱这些难过的日子，就像热爱其他正常的日子一样。”他说：“我是那么害怕，害怕到无法呼吸。”

不过，我们还是如此度过：我们喘不过气，但我们依然热爱这段日子。这些日子都是承诺，是我们度过一个又一个夜晚的唯一方式。

孩子们又回到院子里，他们疯玩着，大喊着，生存着。天马上就要黑了，在这个冬天的温暖夜晚里，天空洒下诡异的末日后的光辉，但我还不想叫他们回屋。大概这整个世界没有任何东西能让我叫他们回屋。

编后记

妮娜于2017年1月下旬完成了《明亮的时光》的原稿。那时，我们已经知道她的癌细胞已大量转移至肺部，非常严重，她预后非常糟糕。在进行本书最后的编辑时，她的身体越发虚弱，就算是休息时，呼吸也很困难。2月16日，她住进了杜克大学医院。那周晚些时候，妮娜与肿瘤医生讨论了剩下的治疗选择之后，决定去格林斯伯勒，距我们家5分钟路程的一家临终关怀机构，而没有选择继续进行极具侵略性的新一轮化疗。因为那更有可能缩短她的生命，而不是起到延长的作用。

2月25日，日落时分，珍妮和邦妮带着我们的孩子回家吃晚餐。他们对妮娜说了“晚安”，而非“再见”。午夜过后，妮娜的呼吸变了。我打电话给她的父亲和弟弟，他们过来陪我守夜。精神恍惚和悲恸之间，我恍然想起10年前妮娜生弗雷迪的那天。

妮娜一向喜欢清晨。生病之前，她常常在清晨的第一道曙光洒进来时就跳下床，而且临睡之前，她一定要拉开百叶窗，即使我们住在沙漠的酒店里，外面的阳光也会从朝东的窗户直射进来。最终，她在2月26日清晨6点去世，那时太阳刚刚升起，好像跟她的喜好颇为相称。

约翰·杜伯斯坦，2017年3月

致谢

妮娜其实很想看到《明亮的时光》付印出版。但是，她没能活着见到本书完全成形，她去世之前知道书已经在印刷中，而且十分感激那些对此做出贡献的人士。

妮娜在图书集团的经纪人布里特妮·布鲁姆既善良又才华横溢，既温暖又强大。有布里特妮做妮娜的经纪人，妮娜好像找到了素昧平生的姐妹。虽然令人难过的是，有时候恒久的友谊并不会持久，但是妮娜和布里特妮之间无疑已经确立了这种友谊的基础。

妮娜还想感谢西蒙&舒斯特的编辑玛丽苏·鲁奇。我们与布里特妮和玛丽苏在格林斯伯勒初次碰面时，我简直不敢相信妮娜竟如此有幸可以与这两位专业人士合作。我想妮娜的理想经纪人自然会帮她物色到完美的编辑，这非常合理。玛丽苏接手了一位将死之人的图书出版项目，不仅承担了本身就存在的诸多风险（不能完稿就是其中之一），还让妮娜感觉自己跟其他作者一样充满了活力，无论是生病还是身体康健。她也极力促成了与妮娜的友谊，自己的职业能力也得到了超越。

在此期间，妮娜进行了人生仅此一次的纽约和西蒙&舒斯特出版社之旅，那时她还没有完成书稿，出版社却为她举行了庆功宴。玛丽苏为本书打好了基础，不过西蒙&舒斯特所有工作人员均投身其中，包括：卡洛琳·里德、乔纳森·卡普、理查德·罗尔、凯里·哥德斯坦、莎拉·里德、达娜·罗克、伊贝尼·拉德尔、玛莎·史瓦兹、卡莉·洛曼、杰姬·萧、托马斯·科利根以及丽莎·里夫林。特别感谢西蒙&舒斯特的扎克·克诺尔和图书集团的达娜·墨菲在幕后所做的出色工作。

妮娜想感谢萨曼莎·哈恩所设计的绝美封面图，还有负责国际版权事宜的珍妮·迈耶。她也非常感激所有的国际出版商，尤其是澳大利亚文本出版社的迈克尔·海沃德以及他可爱的同事，并由衷地感谢他们在妮娜写作过程中给予的鼓励和反馈。此外，妮娜也非常感激CAA的米雪儿·韦纳。

感谢《纽约时报》“摩登情爱”专栏的丹·琼斯发表妮娜的作品《当一张沙发不只是一张沙发》，这是妮娜的理想，而且这直接促成了本书的写作。

妮娜还想感谢德鲁·佩里，他富有洞察力的编辑意见，本书几乎全部予以采纳；读过本书草稿的蒂塔·拉米瑞兹、梅丽莎和亚当·塔尔顿、海蒂·莱文、阿曼达·摩尔，还有克里斯蒂塔·恩里克斯，她曾在本书早期指导妮娜该如何做好规划。

妮娜终其一生，包括生病期间，都得到了密友的支持，我的姊妹珍妮·杜伯斯坦、妮娜的表妹邦妮·邓迪、她高中以来最好的朋友伊莱扎·哈林顿·迈尔斯、她的弟弟查理·里格斯以及他的妻子阿蜜莉雅、她的父亲彼得·里格斯——他是每个女孩心中最善良、最支持亲友、最沉默却最有力量的父亲，也是我此生遇到的最好的人。妮娜无法与她的妈妈简·里格斯分享《明亮的时光》，因为她于2015年8月过世。妮娜面对病症晚期时的决心、清醒，辗转是对妈妈的致敬，她是妮娜面对必死命运的力量和清醒时大部分的源泉。

妮娜也十分感激杜克癌症中心的卡西诺医生和罗森布拉姆医生。无论妮娜去往何处，好像都会得到如此专业的女强人的护航。说到女强人，我很是感激妮娜的朋友弗吉尼亚·达登·米克斯，也可以简称她为金妮。金妮跟妮娜几乎同时确诊为同样糟糕的三阴性乳腺癌，她在妮娜躺在临终关怀疗养院里时去世，比妮娜早了3天。我将金妮的死讯告诉妮娜，给她带来了最沉重的打击，远胜过其他一切。金妮是位强悍、幽默又可爱的人，金妮的孩子们以及我们两家之间建立的友谊，都是宝贵的礼物，有了她的陪伴，妮娜乳腺癌转移后的旅程变得明亮了很多。

最后，虽然我们说《明亮的时光》是妮娜留给孩子弗雷迪和本尼的，但我同时也希望孩子们长大后，能好好阅读此书，借此了解妈妈以及妈妈对孩子的爱。我很肯定妮娜想感谢他们两个和我。我们是个小小的家庭，她成年后其实花费了更多的时间为我们的未来播种幸福，超过了她花费在写作上的时间。我很开心，因为我想她两者都做到了。任何献词都无法形容我多么爱她，多么想念她，不过我还是非常感激她提前做的这一切，能让我们准备好面对这巨大的丧亲之痛，感激她为我们留下的一切，尤其是这份生前记录和我们的两个儿子。

约翰·杜伯斯坦